鬼の生贄花嫁と甘い契りを四

～偽りの花嫁と妖狐たち～

湊祥

STARTS
スターツ出版株式会社

目次

鬼の生贄花嫁と甘い契りを四

～偽りの花嫁と妖狐たち～

第一章　光を放つ当たりくじ

「この手紙を、書留郵便で送りたいのだが」

『お伽仲見世通り《とぎなかみせどお》』の中心に位置する郵便局の窓口で伊吹《いぶき》が封筒を差し出すと、「かしこまりました。少々お待ちください」と笑顔で局員は答えた。

こうして誰かに手紙を送るのは久しぶりだった。最近は誰に対しても、もっぱら電話でやり取りを済ませてしまっている。

伊吹はまだ所持していないが、あやかし界ではスマホの普及率が上がってきている。そんな時代に、わざわざ手紙で知人とやり取りする者は少ないだろう。

しかしその電話が何回かけてもつながらなくなってしまったのだから、伊吹はこうして懐かしい方法に頼るしかなかった。

手紙をポストにそのまま投函《とうかん》してもよかったが、書留にしたのは念のためだ。

〝彼〟の妖力や性格を踏まえると、その身になにかあったとは考えづらい。しかし、音信不通の期間が一カ月余りと長きにわたっているため、やはり少しの心配がつきまとう。だから郵便局に赴いたのだ。

彼――八尾《やお》は伊吹とかねてから付き合いのある、妖狐《ようこ》のあやかしだった。図抜けて高い妖力を持ち、妖狐の長も務めている。

伊吹はそんな八尾に頼みがあり、少し前から電話でやり取りをしていたのだが、ある日突然、連絡が取れなくなってしまった。

——やはりなにか危険な目に？　いや、あの八尾に限ってまさかな。

八尾はただ能力が高いだけではなく、人やあやかしをその場から消してしまう『神隠し』と呼ばれる、神力にも似た力を使える。他の妖狐たちはそんな八尾を天狐《てんこ》と崇め、心から慕っている。

それにもともと八尾はマイペースかつ気まぐれな性分で、今までも『後で折り返すから』と話の途中で電話を切られ、そのまま忘れられたことが幾度となくあった。おそらく今回もその例に漏れないだろう。

局員に手紙を託した後、伊吹は郵便局から出た。

お伽仲見世通りは、普段通りたくさんのあやかしたちで賑《にぎ》わっていた。

伊吹のように人間とほぼ同じ外見の者や、ふわふわの耳や尻尾が生えた獣人のような姿の者、人型とはかけ離れたあやかし本来の姿をしている者。さまざまな種のあやかしたちが通りを闊歩《かっぽ》している。

一方で、人間の姿はひとりも見当たらない。

あやかしと人間が対等だとされる異種共存宣言が採択されてもう百年余りの時が流れた。しかし、いまだにあやかしと人間の間を隔てる壁はなくならない。

そんな中、伊吹はあやかし界では物珍しいはずの人間がいる店へと向かっていた。

人間でありながら、鬼の若殿である自分の伴侶となった女性——凛《りん》が働いている甘味処へ。

「いらっしゃいませ……あら、伊吹じゃないの」

洗練された和モダンな外装の小さな店内に入ると、ここの店主である紅葉《もみじ》が声をかけてきた。

紅葉は伊吹の従姉であり、『高潔《こうけつ》』の称号を持つ三十代後半の鬼の女性だった。

称号とは、あやかし界にて実力者のみが所持しているふたつ名だった。称号を与えられたあやかしはそれと共に御朱印を持ち、己が信頼した相手の御朱印帳に印を押すことができる。

そして御朱印を押印した相手とは、魂の同胞としての契りが結ばれるのだ。

人間である凛は、その素性を隠しあやかしたちから御朱印を集めていた。いつか彼女の正体が明るみになってしまった時に、あやかしからその身を狙われないために。

紅葉は最初に凛の御朱印帳に印を押し同胞となってくれた、信頼できるあやかしのひとりだった。

実は伊吹が八尾と連絡を取っていたのも、彼から御朱印を賜りたいためだった。心優しい妖狐の統率者なら、きっと承諾してくれるだろうと伊吹は踏んでいた。

しかしその話の途中で、連絡が取れなくなってしまったのだ。

「凛のお迎えに来たの？」

小首を傾げて紅葉が尋ねる。

翡翠色《ひすいいろ》の大きな双眸《そうぼう》は宝石のようにきらめき、瞳と同色の緩く結わえられた長い髪は艶めいていた。

真っ赤な紅の塗られた唇と、首筋やうなじにかかる無造作な後れ毛は、大人の女性しか持ち合わせていない艶めかしい魅力を放っている。

「ああ」

「そう。凛の勤務時間はもう少しで終わるから、カウンターの空いている席で待っていてちょうだ——いらっしゃいませー！」

話の途中で新たな客が来店したので、紅葉はその客の方へと駆け寄った。店内を見渡すと、ほぼ満席だった。

少し前に販売を開始した初夏向けのあんみつ風かき氷が、雑誌やテレビで取り上げられるほど人気を博してから、この店はいつも混雑している。

全部で十席しかないため、ランチタイムやティータイムには長蛇の列ができることもあるようだ。

そのため、アルバイトの凛の存在はとても紅葉の助けになっているようだった。

性格はおっとりしている凛だが、雑用や調理の手際はいい。

それが自分の元に来る前に家族に虐げられていたせいだと思うと、伊吹はいまだに切なさを覚えるが。

奇跡的に空いていたカウンターの席に腰を下ろしてから、伊吹は凜の方を向いた。

ちょうど客から注文を受けているところだった。仕事に集中しており、伊吹の来店にはまだ気づいていないようだ。

「クリームあんみつがおひとつと、抹茶黒蜜かき氷がおひとつですね。お飲み物はよろしいですか？」

柔らかく微笑みながら客と接する凜は、とても活き活きと楽しそうにしている。

――俺の元に来たばかりの頃は、終始不安げな顔をしていたというのにな。

あの頃の、なにもかもを諦めたような暗い瞳はもはや見る影もない。客の他愛のない冗談にクスクス笑う凜の双眸は生気に満ちあふれていた。

本当に快活になったなと、伊吹が感慨深い気持ちになっていると。

「色気ムンムンの紅葉姉さんもいいけどさー、素直で純粋そうな凜ちゃんもかわいいよなあ」

伊吹の隣に座っていたふたり組の中年男性が、そんな話を始めた。思わず伊吹は耳をそばだてる。

会話の内容から察すると、どうやらこの店の常連らしい。

「あー、わかる！　なんか見ていると癒されるっていうか。あんな子が娘だったらなあ。うちの娘なんて本当に生意気で気が強くってさあ」

「はは。俺は息子の嫁に来てもらいたいなあ。凛ちゃんだったら、いいお嫁さんになれるよなあ」

ふたりの会話に、そうだろうそうだろうと伊吹は自然と頬が緩みそうになった。

これが若者で、凛を恋愛対象に見ているような会話だったら牽制《けんせい》を考えるところだが、おじさんたちは親目線で温かく凛を眺めている。

そんなふうに凛の存在が好意的に受け入れられている場面は、夫としてこの上なく嬉《うれ》しいものがある。

その間も忙しそうに店内を駆け回っていた凛だったが、「す、すみません」とふたり掛けのテーブル席に座っていた客に声をかけられ、「はい！」と元気よく返事をした。

ふたり組の少年だった。年齢はまだ若く、十代後半くらいだろう。ひとりは恥ずかしそうに顔を赤らめて凛にちらちらと視線を送っている。

この時点でとても嫌な予感がした伊吹は、眉間に皺《しわ》を刻んで彼らの動向を監視し始めた。

「ほら、早く渡せよ」

もうひとりの少年が、にやけながら顔の赤い少年になにやら促す。赤面している少年は手紙を握りしめていた。

恋文だと、一瞬で伊吹は悟る。

なかなか勇気を出せないらしく、少年は「えーっと……」など要領を得ない言葉を発していた。

「あの、ご注文は？」

凛はまったく状況がわかっていないようで、きょとんとした顔でふたりに尋ねる。

凛が魅力的に見られるのは夫としてもちろん嬉しい。しかし、恋の対象にされるのは我慢ならない。だって凛のすべては自分のものなのだから。

あんな少年にいっちょ前に嫉妬してしまうなんて自分も心が狭いなと思いつつ、伊吹は席を立った。

――少年。君の淡い恋は残念ながら報われない。

「凛」

伊吹はよく通る声でその名を呼んだ。少年たちの方は見ずに、しかしよく聞かせるように。

凛はハッとした後、人間では珍しい紅玉のような赤い瞳を輝かせた。接客向けの笑顔とは違う、ひときわ嬉しそうな満面の笑みを浮かべる。

「伊吹さん、いらっしゃっていたのですね！」

弾んだ声を上げる凛。

自分が名を呼んだだけでこうも喜んでくれるとは。それだけで伊吹は恍惚《こうこつ》とした気分になった。

凛に文を渡そうとしていた少年は目を見開き、驚愕《きょうがく》している様子だった。

「ああ。所用があって仲見世通りを訪れてな。そろそろ勤務が終わる時間だろうから、凛を迎えに来たのだ」

「そうだったのですね。ありがとうございます」

「せっかくだから一緒に帰りたいだろう？」

夫婦らしい会話をあえて繰り広げてみせる。

少年はふたりの関係を悟ったらしく、この世の終わりでも見たかのような絶望した顔をしていた。もうひとりの少年が引きつった笑みを浮かべて、「ま、まあ。元気出せよ……」と慰めている。

大人げなかったかもしれないが、やっぱり凛は自分の妻だし、他の男に期待を持たせてはならないのだ。

「もう少しで勤務が終わるので、待っていてくださいね」

「ああ」

嬉しそうに微笑みながらの凛の言葉に、伊吹は頷《うなず》いてカウンター席へと戻った。

その後、仕事を終えた凛が厨房《ちゅうぼう》で甘味を作る紅葉に「お先に失礼いたします」と声をかけ、伊吹の元へとやってきた時。

「あ、ちょっと待ちなさいよあんたたち」

紅葉が厨房から顔を出し、声をかけてきた。

「はい。なんでしょうか、紅葉さん」

「この前、薬師の甘緒《あまお》さんからもらった保湿クリーム、私にも分けてくれたじゃない？　あれ、とても使い心地がよかったわー！　小皺が目立たなくなった気がする！」

頬をさすりながら紅葉が弾んだ声を上げた。

紅葉の肌を見ると、確かに滑らかそうでまるで絹のようだった。しかし彼女はいつも美しいので伊吹には変化がよくわからない。

甘緒はアマビエのあやかしで蓬莱山《ほうらいさん》という山の奥地に住む、齢千歳を超えた仙人のような存在だ。

超一流の薬師として名を馳《は》せている甘緒だが、縁があって凛に『息災《そくさい》』の御朱印を授けてくれた仲でもある。

しかし魂の同胞になったのにもかかわらず、常にぶっきらぼうで『我は貴様たちのことなど興味がない』とか『用が済んだならさっさと帰れ。調合の邪魔だ』といった、つっけんどんな物言いしかしない。

だが内心では自分たちを気にかけてくれているということは、伊吹もわかっていた。

少なくとも、『薬を調合してたら偶然女の肌によさそうなものができた。どうせ捨てるから貴様にくれてやる』と件《くだん》の保湿クリームを、わざわざ山を下りて凛のために持ってくるくらいには。

「本当ですか！　それはよかったです。甘緒さんが育てている薬草がメインに使われているからか、肌荒れもすぐ治りますよね！　私も使ってるんですけど、やっぱり肌が綺麗《きれい》になったと思います」

うきうきとした声で凛も答える。

凛の肌も、迎えた当初は家族に虐げられていたためか少し荒れ気味だった。

ただ、最近は甘緒の保湿クリームを使用する前からずっと陶器のようにすべすべだった……と胸の内で伊吹は思う。

しかし女性同士盛り上がっている会話に、男は余計な口を挟むべきではない。伊吹はにこやかな面持ちで、ふたりの話をただ聞いていた。

「そうよね～！　あ、そのお礼と言っちゃなんだけど、仲見世通りの商店街が主催している福引きが引ける券が余ってるのよ。よかったらふたりで引いてきたら？」

紅葉が伊吹の手元に向かって、紙切れを数枚差し出してきた。受け取ると、【商店街主催福引き券】と印字されている券が三枚あった。

「ほう、福引き券か」

「確か旅行とか家電とか、結構いい物が当たるのよ」

「それはいいな。帰りがてら引いてみるとするか、凛」

「はい！」

福引き券を握りしめ、伊吹は凛と共に紅葉の甘味処を出た。

＊

伊吹が店まで迎えに来てくれたのは素直に嬉しい。自分の小さな手のひらを包み込む彼の大きな手は、今日も温かく優しい感触がする。

黒曜石のような光を宿す切れ長の瞳に、美しいラインを描く鼻梁《びりょう》、形のよい薄い唇。隣で凛の歩調に合わせながら歩いてくれる伊吹は、まるで神が苦心して作り上げた彫刻のように美麗だった。

先ほどから道行く女性が何人も伊吹を見ては振り返ったり、顔を赤らめたりしている。そして決まって、隣の自分を見てがっかりとした面持ちをするのだった。

ふたり組の女性は「彼女めっちゃ地味じゃない？」「あ、だよねー。もっと美人を連れて歩けるのにね。あ、もしかして全然似てない妹かなんかじゃないの？」なんて小声で話してもいた。上機嫌そうな顔で通りを闊歩する伊吹には、その声は届いていなかったようだが。

――でも、そう言われても仕方ないよね。私だって、こんな美青年の伊吹さんが私の夫だなんて、いまだに夢なんじゃないかって思う時があるもの。

さらに伊吹は見目麗しいだけではなく、鬼の次期頭領である『若殿』という、あやかし界でも一目置かれる存在なのだ。

そして人間の自分はそんな伊吹の元に、花嫁として献上された。〝夜血《やけつ》〟という鬼が好む血を持つ、百年に一度の割合で生まれる存在だったためだ。

しかし花嫁とは建前で、生贄《いけにえ》同然だと人間界では言われていた。

鬼の若殿に献上された『夜血の乙女』は、血を吸いつくされてすぐに絶命するのだと伝承されていたから。

生まれつき人間としては珍しい赤い瞳と、純日本人の両親の子にしては白すぎる素肌のせいで、凛は生まれてから夜血の乙女と発覚するまで、ずっと家族や周囲の人間に虐げられて育った。

そのため、夜血の乙女として鬼の若殿に差し出されて死ぬことなど、まったく凛は怖くなかったのだった。

だが、そんな凛を伊吹は花嫁として一心に愛してくれた。

「きゃっ……」

今までの伊吹との出来事を思い出しながら歩いていたら、道のくぼみに足を取られて凛は軽くよろけてしまった。

しかしそんな凛の体は、すぐさま優しく抱きかかえられる。つまずいた、と思った瞬間にはもう伊吹の腕の中にいたくらいだ。

「凛、大丈夫か？」

「は、はい。転びそうになりましたが、伊吹さんがすぐに支えてくれましたから」

至近距離から心配そうに伊吹に見つめられ、凛は顔を赤らめながら答える。

一緒に歩いていると時々こんなことがあったが、いつも目にも留まらぬ速さで伊吹は凛を助けてくれる。

そのたびに伊吹がどれほど自分を気遣っているかを、凛はわからせられるのだった。

「そうか、それならよかった。転びでもして凛の体に傷がついたら大変だからな」

微笑を浮かべながら凛を腕の中から解放すると、伊吹は頭をふわりと撫《な》でてきた。

「あ、ありがとうございます」

こんなふうに身に余るほどの優しい扱いをされるたびに、凛は性懲りもなく深い多幸感に襲われる。

その上、伊吹は仕草も表情もいちいちかっこよすぎるのだ。毎度、心臓がいくつあっても足りないくらい鼓動が速くなる。

「あれはやっぱり恋人か夫婦じゃん……」

「ほんとだね……。残念」

先ほど凛を揶揄《やゆ》していた女性ふたり組から、そんな会話が聞こえてきた。伊吹と恋仲に見られたことに、凛はほんのり嬉しさを覚える。

そう、伊吹はこのように二十四時間凛を慈しみ、寵愛《ちょうあい》する。出会った日からずっと変わらずに。

当初はそんな伊吹の行動に驚き戸惑ったが、ふたりでさまざまな困難を乗り越えるうちに、凛は素直に伊吹の想いを受け止められるようになってきていた。そして伊吹に愛されるにふさわしい女性になろうと奮闘していた。

しかし人間の凛は、あやかし界ではその正体を隠して生活している。鬼や天狗《てんぐ》は人間を食わないあやかしだが、人間を食らう種族であるあやかしも多数存在するためだ。

しかも勘のいいあやかしは、すでに凛の正体に気づいている。

ゆえに、凛は御朱印を集めていたのだ。たくさんのあやかしの実力者たちからお墨付きの存在となれば、例え凛が人間だと知れ渡ったとしても危害を加えてくる者はそうそういないだろう。

二カ月ほど前に勃発した、凛の妹である蘭《らん》も被害者のひとりだった人間の大規模誘拐事件の解決を経て、集まった御朱印は六つとなった。

『数カ月で六つとはすごいではないか！　頑張ったな、凛』と、伊吹は頭を撫でて褒めてくれた。

しかし、最近伊吹が発見した彼の祖父である酒呑童子《しゅてんどうじ》の日記によると、彼の妻で先代の夜血の乙女であった茨木童子《いばらきどうじ》は、少なくとも二十以上もの御朱印を集めていたことがわかった。

はっきりとした数は記載されていなかったため、日記の断片的な情報から読み取った数のみだが、それだけ確認されたのだ。ひょっとしたら三十、四十と、茨木童子はあやかしと魂の同胞の契りを結んでいたかもしれない。

それを踏まえると、まだまだ凛も御朱印を集めなくてはならないだろう。

――とにかく、私はできる限りのことをして地道に御朱印を貯めていくしかないんだわ……。

「あ、凛。福引き所に着いたぞ」

凛が密かに決意していると、伊吹が立ち止まった。

伊吹が指し示した福引き所は簡易テントが建てられ、【豪華賞品が当たる！】【外れでも商品券百円分！】などといった、たくさんののぼりが立っていた。

「わあ、賑わっていますね」

たくさんのあやかしたちが列をなしている。引き終わった者は皆くじの結果に一喜一憂しているようで、「外れたー！　旅行当てたかったのにな～」「三等だ！　まあまあだね」などといった声が次々に聞こえてくる。

「うむ。なになに……特賞は『九尾島《きゅうびとう》』へのペア旅行券、一等が商品券五万円か。確かに紅葉の言っていた通り、商店街規模の福引きにしては大盤振る舞いだな」

「そうですね。なかなか当てるのは難しそうですが……」

伊吹と共に列の最後尾に並んだ凛だが、がっかりした顔をして去っていくあやかしたちをすでに何人も見ている。

「まあ、そう簡単には当たらないだろうな。凛が三枚とも引くかい？」

「え！　わ、私はくじ運が悪いのでちょっと……。伊吹さんが引いた方が当たりそうな気がします」

遠慮しつつも、虐げられていたそれまでの人生ではくじの類《たぐい》を引いた経験なんてほとんどなかったので、実際の自分のくじ運については凛もわからない。

しかしおそらく、伊吹と出会えたことで自分の運は使いきってしまっただろう。死ぬまでに使いきる運の数が決まっているとしたら、たぶん自分にはほとんど残っていないに違いない。

「え、いいのかい？」

きょとんとして伊吹が尋ねる。

「ええ。伊吹さんと一緒に旅行へ行きたいので、ぜひ当ててくださいね！」

「はは、これぱっかりは神に祈るしかないがな。まあ当ててやるという気持ちで引いてみるよ。九尾島はいいところだから、凛を連れていきたいし」

妖狐たちの楽園とされる九尾島には、凛は行ったことはなかった。

しかし旅行会社のテレビＣＭで何度も見かけた覚えがあるほど、観光名所として有名なのは知っている。

美しい海に囲まれた風光明媚《ふうこうめいび》な小さな島で、妖狐の好物である油揚げをメイン食材としたさまざまなグルメも味わえるらしい。

――伊吹さんとそんな場所に行けたら、とても楽しいだろうなあ。

まだ当たってすらいないのに、九尾島での旅行を想像して、わくわくとした気分になっていると。

いつの間にか福引きの列がだいぶ進んでいて、あやかしが福引きを引いている様子が見えた。

福引きでよくある、ガラガラと取っ手を回して玉が出てくるタイプのくじを想像していたが、箱からくじを引く形式だった。くじの入っている箱は透明で、まだたくさんのくじ券が詰まっている。

――特賞はひと組だよね。あそこから当選くじを引き当てるのは、やっぱりかなり厳しいかなあ……ん？

少し前に想像した旅行の光景はやはり夢物語だったかなと苦笑を浮かべるも、箱の中にひと筋の光が見えた気がして目を凝らした。見間違いかと思ったが、明らかに一枚だけ光を放っているくじ券がある。

――もしかしてあれは当たり？

しかし他のあやかしはそのくじに構わず引いているようだった。

ひょっとしたら、あの光は他のあやかしには見えていないのかもしれない。伊吹はどうなのだろうと、ちらりと顔を覗《のぞ》き込んでみた。

しかし伊吹もくじの光には気づいていないようだった。「まあ。福引きで当たらなかったとしても、いずれ凛とは旅行に行こうと思っているがな」などと嬉しい言葉を発してくれている。

「すみません伊吹さん。あのくじなんですけど」

「ん？　どうした？」

「……あ、いえ。なんでもないです」

伊吹が見えていないらしいものを説明するのも難しかったし、周囲に聞かれるのもなんとなく嫌だったので、凛は光るくじについて言及するのをやめた。

そんなこんなで伊吹がくじを引く番が回ってきた。

「よし！　旅行を当てるぞ！」

意気込んでくじ箱の中に手を突っ込んだ伊吹だったが、二枚引いた結果、ものの見事に残念賞の商品券百円分だった。

やはり伊吹には光るくじは見えていないらしい。気づいているとしたら、絶対にあのくじ券を手に取るはずだ。

「くっ……。あと一枚か」

口惜しそうに伊吹が呟《つぶや》く。

「あの、伊吹さん。最後の一枚は私が引いてもいいですか？」

どうしてもあの光るくじ券の正体が知りたくなり、凛は思わず伊吹に頼んでしまった。

「え？　もちろん構わないが。俺もくじ運が悪いようだしな……」

比較的本数の多い五等にすら引っかからなかった伊吹は、ばつが悪そうな顔をして了承する。

「あ、ありがとうございます」

凛は恐る恐るくじ箱の中に手を突っ込み、光るくじに手を伸ばし掴《つか》み取った。そして、ぴったりと糊《のり》で閉じられたくじ券をその場で開くと。

「と、特賞だ！」

目を丸くした伊吹が驚きの声を上げた。すると福引きを運営していた商店街の面々たちも驚愕の面持ちとなる。

「おめでとうございますー！　出ましたっ、特賞ですー！」

チリンチリンと鐘を鳴らし、凛が引き当てた特賞について大声で祝う運営者のひとり。

まさか光るくじが特賞だったとは。

ただ、なにかしらの当たりくじだろうとは予想していたので、さほど凛は驚かなかった。

「すごいな凛！　くじ運すごくいいじゃないか！」

興奮した様子で伊吹が声をかけてくるものの、なんだかずるをしてしまったような気がして凛は素直に喜べない。

しかし、くじが発していた光はいつの間にか消えていた。

――見間違い……なわけはないか。明らかに光っていたもの。

「凛、どうしたんだ？　特賞にあまり驚いてはいないようだが……」

凛の反応の薄さを伊吹が不思議に思ったらしく、怪訝《けげん》そうに尋ねてきた。

ハッとした凛は、くじの光についてはこのまま胸にしまっておこうと心に決める。

すでに当たりくじは光を発しておらず、今さら説明したところであまり意味がない気がした。

「い、いえ！　びっくりしすぎちゃって、どう反応したらいいかわからなくって。い、伊吹さんと旅行に行けますね！　とっても楽しみです……！」

「おお、そうだな。九尾島をふたりで楽しもう！」

その後、福引きの運営者に旅行の説明をされ、ふたりは福引き会場を後にした。

――いったいあの光はなんだったのだろう。

なんだかとても健気で儚《はかな》い光に見えた。誰かが自分に助けを求めているようにも感じられた。

だから凛は、どうしてもあのくじの中身を知りたくなったのだ。結局その正体は特賞という当たりくじだったわけで、光の原因についてはわからなかったが。

――でも、伊吹さんとの旅行はとても楽しみだし。ただのラッキーだったったって思っていいのかな。

愛する夫との旅に胸を躍らせる凛は、光について深く考えるのをやめてしまった。

＊

——まさか、凛が特賞を当てるとはな。

凛が最後の一枚を引きたい、と言い出した時は『俺が引いているのを見て自分も挑戦してみたくなったのだな、かわいい奴め』くらいの微笑ましい気持ちだった伊吹。

しかし凛がまるで選び取るような引き方をしたくじが特賞だったのには目を見張った。

俺の嫁は幸運の女神なのではないか。そんな想いすら抱いてしまう。

また、単純に凛との九尾島観光ももちろん楽しみだが、伊吹にはもうひとつ島を訪れたい目的があった。

九尾島は妖狐の楽園だ。つまり、現在音信不通になってしまっている八尾が統治しているはずの場所なのである。

——あいつは妖狐の長なのだから、島には必ずいるはず。旅行の合間に会いに行ってみよう。

凛には八尾と連絡が取れない件については話していない。優しい彼女のことだ、きっといらぬ心配をしてしまう。

どうせ気まぐれな八尾の連絡無精のせいだから九尾島で会えるだろうし、今特に凛に説明する必要は感じない。

むしろ八尾の件よりも心配なのは、鞍馬《くらま》の存在だった。

自分の腹違いの弟である鞍馬は、素直で根はいい奴だし伊吹との仲も決して悪いわけではない。しかし『好みのタイプは凛ちゃんみたいな人間の女の子』と明言する彼は、なにかにつけて伊吹と凛の触れ合いを邪魔してきたり、『もう伊吹なんて爆発しろ。リア充は滅しろ！』などと暴言を吐いてきたりする。

ふたりで旅行に行くなんて告げたら『ふたりだけでずるい！　俺も絶対についていくからね！』と息巻いてくることは想像に難くない。

しかし凛が当てたのはペア旅行券だったし、もちろん伊吹は凛とふたりきりで楽しみたい。

そういえば新婚だというのに、新婚旅行らしいものはまだ行っていない。

だがどう考えても、あの鞍馬が夫婦水入らずの旅行について黙っているはずはないのだ。そして優しい凛は、そんな鞍馬を受け入れてしまうに違いない。

――これは、鞍馬の帯同を俺がなんとしても阻止しなくては。

ちなみに伊吹の従者である猫又《ねこまた》の国茂《くにしげ》については問題ないはずだ。

猫は家につくと古来より言われており、その習性からか彼はあまり外泊が好きではなかった。遠出する際はいつも一応誘うが、温泉などのんびりできる場合を除き、ほとんどついてこない。

そんなことを考えているうちに、屋敷での夕食の時間となった。

帰宅した時からずっと鞍馬は自室にこもっていたので、福引き所から戻って以降初めて顔を合わせる。

「鞍馬。実は今日、凛が福引きで特賞の旅行券を当てたんだ」

夕食を食べながら、一緒にちゃぶ台を囲む鞍馬に伊吹はそう告げる。ちなみに国茂には帰宅時にすでに伝えていたが、やはり彼は『僕は留守番してるね～』と言っていた。

すると鞍馬は目を見開いた。

「え⁉　福引きで旅行って！　凛ちゃんすごくない⁉　特賞なんて本当に出るんだね～」

鞍馬は凛の偉業に素直に驚いた様子だった。

「あ、うん。普段、そんなにくじ運がいい方じゃないんだけど……」

控えめに笑いながら凛が謙遜すると、鞍馬は前のめりになって勢いよく尋ねてきた。

「それでどこに行ける旅行券なの⁉」

「九尾島だよ。妖狐がたくさんいるところなんだよね？」

「あ、そうそう！　景色も綺麗で料理もおいしいらしいね！　俺も行ったことないんだよな～！」

「ペアチケットだから、凛とふたりで行ってくる」

たぶん、鞍馬は自分も一緒に行くんだと自然と思い込んでいる。このままではまずいと感じた伊吹は、早めに重大事項を告げた。

それを聞いた鞍馬は、きょとんとして目を瞬かせた。

この後、絶対に『ふたりだけでなんてずるい！　俺も行く！』とせがんでくるんだろうけどな……。さて、どう鞍馬を言いくるめようかと伊吹が考えていたら。

「ペアチケットかあ。……そっか。うん、行ってらっしゃい」

鞍馬は少し寂しげに微笑んで、しおらしく言った。

意外な反応に伊吹は虚を衝かれる。

「え？　鞍馬、お前留守番するのか？」

「いや、だってペアの旅行だし、伊吹と凛ちゃんはふたりきりで行きたいよね。うん、俺は留守番しているよ」

伊吹の心情を汲み、あっさりと鞍馬が受け入れたことには驚きを禁じ得なかった。

――だってあの鞍馬がだぞ？　いつも『俺の目の前でいちゃつくな！』なんてぶーたれているこいつがだぞ？

にわかには信じられなくて、伊吹は言葉を失う。

「え？　鞍馬くんも行きたいんじゃないの？」

凛も驚いた様子だったが、伊吹ほどの衝撃は受けていないようで首を傾げて鞍馬に尋ねる。

「そりゃもちろん行きたいけど……。今回は俺はいいよ。気にしないで」

ニコリと鞍馬が笑みを浮かべる。しかし彼の大きな瞳は寂寥感《せきりょうかん》で満ちていた。いたいけな態度に、不覚にも伊吹は胸を締めつけられる。

――確実に行きたいと駄々をこねてくるだろうから、どう断ろうかと考えていたのに。こんなの、ほだされてしまうではないか。

「ねえ、鞍馬くんも一緒に行こうよ」

どうやら凛も伊吹と同じ気持ちになったらしい。

すると鞍馬は、信じられないとでも言いたげな面持ちで凛を見返した。

「えっ、いいの？　俺なんてついていったら、ふたりの邪魔になっちゃうんじゃ」

「邪魔だなんて、そんな。伊吹さん、いいですよね？」

――ああ、いいとも。

凛の言葉にそう頷こうとした伊吹だったが。

その瞬間、鞍馬の口角が上がり、にやりとしたのが見えた。ほくそ笑むような表情に、伊吹は我に返る。

――こいつ。自分から引いて情に訴える作戦に出やがったな。

「いや普通にダメ。鞍馬は留守番な」

伊吹はしかめ面で、にべもなく告げた。

鞍馬の邪悪な微笑みに気づいていない凛は面食らった様子だったが、鞍馬は途端に憤ったような面持ちになる。

「はあ～!? なんでだよ伊吹！　ここは健気な弟に『お前もぜひ一緒に来てくれ』って言うシーンだろうが！」

伊吹が思った通り、悪知恵を働かせた鞍馬の策略だったようだ。鞍馬の豹変《ひょうへん》ぶりに、凛は目を点にしている。

「そうやって悪態をつくお前のどこが健気なんだ……？」

「うっせー！　伊吹のケチ！　俺も一緒に行くからな！」

「だからダメだって言っているだろう。お前は国茂と留守番決定」

「やだやだやだ！　絶対に行くー！　俺も絶対に一緒に行くもーん！」

手足をばたつかせて、駄々をこね出す鞍馬。こうなってしまえば絶対に彼は譲らない。

凛は苦笑いを浮かべていた。

こうして結局、伊吹の〝凛とふたりきりで旅行〟という目論見《もくろみ》は外れ、鞍馬も九尾島の旅行に帯同することとなってしまった。

第二章　偽の花嫁

「わあ！　噂《うわさ》通りとても美しい島ですね！　海も綺麗な色……！」

九尾島行きの船の甲板で、凛は目を細めて遠目に見える島を臨み、その景観の美麗さを褒めたたえた。

「そうだな。俺も久しぶりに来たが、いつ見てもこの景色には感動するよ」

澄んだ青空の下の緑生い茂る島に、それを取り囲むエメラルドグリーンの海面。頬をくすぐる潮風も爽やかで心地よい。

もちろん景色もすばらしいが、自分の隣で素直にはしゃぐ凛のなんと愛らしいことか。

愛する凛の存在は、以前用事があってひとりで九尾島を訪れた時よりも断然風景を映えさせてくれていた。

「いやー、本当によさそうなところだね～。楽しみ！」

鞍馬もホクホク顔で同調してくる。

正直言うと凛とふたりきりで楽しみたかった伊吹だが、ひとり鞍馬を置いてきぼりにしたら気がかりだったと思うし、結局連れてきてよかったのだ……と半ば無理やり納得することにした。

「そうそう。九尾島は今でこそ平和な島だがな。古《いにしえ》の時代は厳しい身分制度があって、なかなか殺伐とした場所だったのだよ」

「身分制度、ですか？」

妖狐の歴史を伊吹が話し始めると、凛は興味深そうに尋ねてきた。

「うん。確か一番偉い狐《きつね》が天狐、その下に空狐《くうこ》、気狐《きこ》って続いて……。一番身分が低い狐を、野狐《やこ》って言うんだったかな～」

あやかしの中では有名な話だったので、鞍馬も当然存じていたようだ。

彼の言葉に付け加えるように、伊吹は九尾島の成り立ちについて凛にこう説明した。

一番身分の低い野狐は、上位の狐の奴隷とされ虐げられていた。血筋で身分が決まってしまうため、野狐として生まれた者は生涯下賤《げせん》な者として、位の高い狐たちにいいように使われていたそうだ。

しかしあまりに非人道的だと他のあやかしたちからの非難もあり、段階的に身分制度はなくされていったが、選挙権や居住区の制限など野狐に対する差別はなかなか消えなかったのだという。

しかし現・妖狐の当主である八尾が奴隷制度を完全に撤廃し、空狐も気狐も野狐も平等であるとした。

現在では長である天狐という身分だけが残っている。

その天狐である八尾が九尾島を治めているが、独裁体制というわけではなかった。

天狐は妖狐たち皆が幸せに暮らせるよう、島の住民の声に耳を傾ける民主的な当主という存在となっている。

「今では、妖狐たちはみんなのんびりと平和に暮らしているようだよ」

「そうなのですね……。身分制度がなくなって本当によかったですね」

感慨深い様子で凛が言った。過去に虐げられていた彼女は、妖狐の歴史に思うことがあったようだ。

そんな会話をしているうちに、船が九尾島に到着した。

三人揃《そろ》って下船すると、港は観光客や彼らを出迎える妖狐たちで賑わっていた。

妖狐の外見は、人型に狐耳とふわふわの尻尾が生えた獣人タイプが主だ。

変化《へんげ》の術が使える者の多い種なので、完全な人型になれる妖狐も多いはずだが『耳と尻尾が生えている方が自分たちらしい』との思いが彼らにあるらしく、あえて狐の特徴を残している者が多数なのだとか。

「うわー、すごい賑わいだね！　まずはどこへ行く？」

「えーっと……」

目を輝かせる鞍馬と、持ってきた観光ガイドブックを開く凛。

そんなふたりを眺めながら、『とりあえず茶でも飲みたいな』と伊吹がぼんやりと考えていると。

「九尾島へようこそ！　よかったらこちらをどうぞ～」

若い女性の妖狐が三人になにかを差し出してきた。受け取ると、それはふわふわの狐耳が付いたカチューシャだった。

「これは……？」

「これをつけて狐気分になれば、九尾島をますます楽しめるんですよ〜！　お兄さんもぜひつけてみてください！」

伊吹の問いに女性がにっこり微笑んで答える。

「いや、俺はちょっと……」

俺みたいな大人の男がこんなかわいらしい物をつけても、なんかおかしいんじゃないか、と伊吹が苦笑を浮かべていると。

「いいねー、こういうのテンション上がる〜！　凛ちゃんかわいいから絶対似合うよっ。つけてつけて！」

娯楽は全力で楽しむ気質の鞍馬は早速カチューシャをつけており、さらに凛に勧めていた。

「え、そう？　鞍馬くんは金髪だからか狐っぽくて似合うけど……」

「俺のことはいいからいいから！　さ、凛ちゃんもつけてみよ!?」

「う、うん」

鞍馬に勢いよくせがまれて、気圧《けお》されながらも凛が頭に狐耳を装着した。

途端、伊吹の心臓に衝撃が走る。少し恥ずかしそうに顔を赤らめる凛の頭頂部につ
いた、ふわふわの毛の生えた耳！　今すぐ抱きしめて撫でたい衝動に駆られる。もち
ろんいつも凛は最高にかわいいが、普段とは違った魅力がある。ただの狐耳がこんな
に神がかり的なアイテムだったとは……！
必死で平静を装いながらも、普段以上に凛に対しての庇護欲《ひごよく》をかき立てられた伊吹
は悶《もだ》えそうになっていた。
「あーやっぱり思った通りかわいい！　似合うよ凛ちゃん。このままずっとつけてて
よー！」
「そうかな？　……どうですか、伊吹さん」
首を傾げて尋ねてくる凛。
その耳でその仕草は、かわいさが致死量を超えている。
思わず「くっ……」と伊吹は小さく呻《うめ》き声を上げる。
「……まあ。すごくかわいいと思う。うん」
なんとか冷静な声で、いつも通り凛のかわいさを褒めたたえたが。
──鞍馬を連れてきてよかった。こいつがいなかったら、渡された狐耳を有効活用
できなかったかもしれない。

密かに鞍馬に対して感謝の念を抱いたのだった。

その後、狐耳をつけたままの凛に対する萌《も》えをなんとか抑えつつも、伊吹はふたりと共に九尾島を歩き回った。

島内の市街地はとても華やかで、まるでテーマパークのようだ。

洗練された和モダンな外観の飲食店や土産物屋が並び、どこも観光客と呼び込みの妖狐たちで賑わっている。

ちょうど昼食時だったので、島の名物であるきつねうどんを食べた。

ふわふわのお稲荷さんと、コシのある麺、だしの利いたスープが見事に絡み合い、幸福を覚えるくらいにおいしかった。凛も「こんなおいしいきつねうどん、初めて食べました！」と大喜びだった。

食後も市街地を散策していたら、「ちょっとトイレ」と鞍馬がふたりから離れた。彼が戻ってくるのを、伊吹は凛と共にその場で待っていることにしたが。

「あそこで皆さん写真を撮っていますね」

凛が示した場所は広場のような空間で、遠目に見える海を背景にベンチが置かれていた。しかもそのベンチは背もたれがハート形だ。

カップルや夫婦御用達のフォトスポットのようで、ふたり組の男女がベンチの前で列をなしている。また、カメラマンらしき妖狐がいて、三脚にのせた立派なカメラで順番に彼らを撮影しているようだった。

彼の傍らには助手らしき妖狐がひとりいて、撮影し終わった写真を提示している。どうやら撮影した写真をその場で販売しているらしい。

「なるほど。旅行の記念になる写真を撮ってくれるのだな」

「……あの。私も伊吹さんとの写真を撮ってもらいたいです」

頬を赤らめながら、おずおずと凛が提案する。狐耳の相乗効果がここでも発揮され、いつも以上に伊吹の心が揺さぶられる。

「ああ、ぜひ撮ろう。むしろ今の凛の姿は絶対に写真に収めねばならない。この機会を逃してなるものか」

「え？　あ、はい。そうですね……？」

思わず勢いよく願望を口にしてしまい凛は少々気圧されたようだが、咳《せき》ばらいをして「それでは列に並ぼう」としれっと伊吹が促すと素直に頷いた。

写真を撮るだけだったので、列はすぐに進んだ。

伊吹と凛の前に並んでいた若いカップルたちの番となる。彼らは揃って指で狐の形を作ったり、抱き合ったりして写真を撮られていた。

楽しそうにいちゃつく彼らの様子に、凛は恥ずかしさを覚えたのか照れ笑いを浮かべている。

いよいよ伊吹たちが撮影される番になり、ベンチに並んで腰掛ける。

「新婚さんですかー？」

「ああ、そうだ」

妖狐のカメラマンがにこやかに尋ねてきたので、伊吹ははっきりと答える。

新婚に見られたことも、それを肯定するのも、伊吹はこの上ない幸せを感じた。隣で顔を赤らめている凛がやはり愛しい。

「いいですね！　じゃあおふたり、もっと寄り添ってくださーい！」

できるだけ凛に近寄って座ったつもりだったが、まだ足りなかったらしい。言われるまま凛とさらに密着すると、彼女の柔らかく若々しい頬と薄くかわいらしい唇が見えた。

「はい、それじゃあ笑って笑ってー！　撮りますよー、三、二、一……！　おおっ！」

シャッターを切ったカメラマンが、感嘆の声を漏らす。伊吹の後に並んでいた撮影待ちのあやかしたちからも歓声が上がった。

撮影の瞬間、伊吹が凛と口づけを交わしたからだろう。至近距離で感じた凛のみずみずしい魅力に、伊吹は我慢できなかった。

「えっと、あの、い、伊吹、さん……？」

なにが起こったかわからないといった面持ちで、凛は途切れ途切れに言葉を紡ぐ。

少し申し訳ない気持ちになりながらも、伊吹はこう答えた。

「いや。その……。そういえば、今日はまだ凛と口づけしていなかったとふと思い出してな」

伊吹と凛の口づけには、実は重要な意味がある。伊吹が口づけをすると鬼の匂いが凛につき、人間の匂いを一時的に消せるのだ。

その効力は、頬へのキスなら丸一日。唇同士を重ねると三日間保たれる。しかし日に日に凛への愛情が深まるばかりで、毎日接吻《せっぷん》をしなければ伊吹は気が済まなくなっていた。

今日は旅行一日目とあって、朝から今までバタバタしていて凛の唇を味わう暇がなかった。唇を間近で見た今、どうして欲望をこらえられようか。

「そう、でしたね……」

耳まで真っ赤にした凛は、俯《うつむ》いてしまう。

嫌がっているわけでないとは思うが、公衆の面前でのキスはさすがに刺激が強かったようだ。

――ちょっとやりすぎたかな。

少しばつが悪い気持ちになった伊吹が、顔の赤みが治まらない凛と共に写真ができあがるのを待つと、ものの数分でふたりの口づけ画像をカメラマンの助手に見せられた。

「……っ」

凛は直視できないようで写真を一瞬見ただけで目を逸らしてしまった。すると。

「お待たせ〜。あー、なになに？　もしかしてふたりで写真撮ってたの？」

席を外していた鞍馬がちょうど戻ってきたので、伊吹はドヤ顔でこう答える。

「ああ。なかなかいい写真だぞ」

「んー？　どれどれ……」

写真を見た瞬間、鞍馬は眉間に皺を寄せて心底腹立たしそうな面持ちになった。そして写真を見せてくれていたカメラマンの助手の妖狐に向かって、ニコリと胡散《うさん》くさい笑みを向けると。

「あ、いらないですこれ」

勝手なことを告げる。

「は!?　いるに決まっているだろうこの馬鹿！　いります、一枚買います！」

慌てて伊吹は言い、なんとか凛との口づけ写真を購入した。

＊

――ああ、思い出すだけで顔が熱くなっちゃう……。

写真を撮る際に伊吹に口づけされてすでに一時間ほどが経ったというのに、いまだに凛の中の恥ずかしさは消えてくれない。

もちろん嫌なわけではなかったし、愛情を感じられる伊吹の優しいキスはいつも通り嬉しい。

しかしあんなに大勢の前での接吻は初めてだったから、どうしても気持ちが落ち着かない。伊吹の顔をまだ直視できなかった。

伊吹は普段通りで会話のたびに凛の顔を覗き込んでくるのだが、あれからずっとうまくしゃべれない。

「あ、あれ食べたいなー！」

そんな時、鞍馬が路肩に駐車された一台のキッチンカーを指差した。

のぼりには【油揚げラスク　おひとり様ひとつ限り】と書かれている。確か、ガイドブックにも載っていた九尾島で大人気のスイーツだ。

「おいしそうだが……。結構並んでいるな」

伊吹の言う通り、キッチンカーの前には長蛇の列ができていた。ラスクにありつくにはなかなかの時間を要しそうだ。

「まあでも、ここでしか食べられないんだしさ。俺は並んで買いたいな」

「凛はどうだ？　食べたいか？」

また伊吹が凛をじっと見て尋ねてくる。またもやその形のよい唇の感触をリアルに思い出した凛は、おずおずと答えた。

「さ、さっきおうどんをいただいたのであんまりお腹はすいていないんですけど……。少しだけなら食べてみたいです」

「そうか。それなら俺が鞍馬と一緒に並んでひとつ買ってくるから、半分こしよう。凛はこの辺で待っていてくれ」

「え、伊吹さんを並ばせるわけには……」

「凛を並ばせる方が心苦しいよ。今までさんざん歩き回って疲れただろうから、休んでいるといい」

凛にそう告げ、油揚げラスクを買い求める観光客たちの列の最後尾に伊吹は鞍馬と共に並んだ。

凛はやはり少し申し訳なさを覚えたが、足が少々疲れていたのは事実。鬼や天狗と違って体力がないから仕方ない。

お言葉に甘えて、キッチンカーが停車しているメインストリートから一本入った、狭い路地に置いてあったベンチに腰掛けた。

それに伊吹と少しの時間離れれば、恥ずかしさも落ち着くような気がした。あの美形すぎる夫は、凛にはまだ刺激が強すぎる時がある。

路地は人通りがほとんどなく、メインストリートの喧騒《けんそう》がぼんやりと響くらいで静かだった。足の疲れが和らいでいくのを感じ、凛が「ふう……」と小さくため息をつくと。

「……けて。助け……」

微かに声が聞こえてきた。幼子が発するような、かわいらしい声だった。

あまりにか細い声だったので凛が聞き間違いを疑った瞬間、また声がした。

いったいどこからだろうと耳を澄ませてみたところ、どうやら声は側溝の下から発せられていると気づいた。

「誰か中にいるの？　こんな小さいところに……？」

側溝に向かってそう声をかけると、「う……」という苦しそうな呻き声だけが返ってきた。

誰かに助けを求めていたようだし、中にいるらしき者は怪我でも負っているのかもしれない。

凛は慌てて側溝のフタを掴む。石でできていたためかなりの重量だったが、凛の力でもなんとかフタを外せた。すると、中から出てきたのは。

「こ、子狐？」

そう、それは小さな妖狐だった。妖力を失っているらしく人型を成せないのか、野生の狐と同じ姿をしている。

側溝の中にいたため全身が泥で汚れている上、至るところに擦り傷や切り傷があってなんとも痛々しい。意識は一応あるようだが、朦朧《もうろう》としているらしく瞳の焦点が合っていない。

「だ、大丈夫⁉　こんなところでどうしたの⁉」

抱きかかえて凛が問いかけると、子狐はハッとしたような面持ちになった。光の宿った瞳で凛を見返す。

「お、俺を隠して！　早くっ。見つかってしまう！」

大層うろたえた様子でまくし立てる。思ってもみない反応に、凛は戸惑いを覚えた。

「え、見つかるって誰に？　それにあなたのその怪我は……」

「いいから！　早くしてっ」

「う、うん」

まったく状況はわからないが、必死に懇願してくるので言うことを聞いた方がいいだろう。凛は着ていた着物の懐を開け、子狐を中にしまい込もうとした。だが、その瞬間。

「うっ……⁉」

突然背後から何者かに羽交い絞めにされてしまった。そして布のようなもので口元を覆われる。その弾みで、頭に装着していた狐耳のカチューシャが外れて地面に落下した。

布からは薬品のようなつんとした匂いがした。そしてその匂いを感じた途端、猛烈な眠気が凛を襲う。

脱力し霞《かす》みがかっていく意識の中、凛が見聞きしたのは……。

「こんなところに逃げてやがったのか、まったく」

「野狐のガキの分際で。おい、この女はどうする。鬼のようだが」

「野狐を助けようとした時点で、こいつも奴隷だ」

「それもそうだな」

そんな男たちの会話と、自分の腕の中にいたはずの子狐が尻尾を掴まれて宙ぶらりんにされている姿だった。


——冷たい。

意識を取り戻した凛が最初に覚えたのは、頬へのひんやりとした硬い感触だった。

その次に、カビ臭いような淀《よど》んだ空気が嗅覚を襲ってくる。

瞼《まぶた》を開いても暗闇で、しばらくはなにも見えなかった。

目が慣れてくると、申し訳程度の豆電球がところどころに設置された洞窟のような空間に身を置かれていることがわかった。

——ここは、地下？

身を起こし、周囲をざっと見る。

なかなか広大な空間で、立ち上がった凛が手を伸ばしてもまるで届かないくらいの高さと、見渡しても先が見えないくらいの広さがあった。

凛から少し離れた場所では、多数の人影がのろい動作で蠢《うごめ》いていた。しかし豆電球が等間隔で天井から吊《つ》り下げられているとはいえ、それだけでは暗く彼らがなにをしているのかは把握できない。

ただ、暗がりながらも特徴的な尻尾と耳はシルエットで目視できたため、彼らが妖狐だとわかった。

「お姉ちゃん。気がついたんだね」

足元から申し訳なさそうな小さな子供の声が聞こえてきた。ハッとした凛は、声のした方を向く。

「あなたはさっきの子狐ちゃん……？」

傷だらけの小さな狐が、凛の傍らで俯いていた。

「うん。ごめんね、あなたまでさらわれてしまって。俺のせいで……」

そういえば、この子狐は助けを求めた後『お、俺を隠して！　早くっ。見つかってしまう！』と慌てた様子だった。

どうやら何者かから逃げてきて、見つからないように匿ってほしかったらしいが……。

「あの、全然状況がわからなくって。いったいなにが起こっているの？」

凛が尋ねると、子狐は沈痛そうな面持ちのまま口を開いた。

「一カ月くらい前から、急に九尾島で野狐狩りが始まったんだ。それまでは天狐さま以外、身分なんて関係なくみんな幸せに暮らしていたのに……」

「野狐狩り……？」

まだ詳細はわからないが、物騒な言葉に凛は戦慄する。

そして子狐の口から語られたのは、さらに衝撃的な真実だった。

オサキと名乗った子狐は、ひと月ほど前まで同じ野狐の兄と一緒にのんびり暮らしていた。しかし突然身を拘束され、九尾島の地下にあるこの空間に閉じ込められてしまったのだという。

幽閉されているのは野狐の者だけ。野狐より位の高い気狐や空狐が常に見張っており、脱出は叶《かな》わない状況らしい。先ほど凛とオサキを捕らえたのも、位の高い妖狐なのだそうだ。

そういえば、凛を捕まえた時に妖狐たちは『野狐のガキの分際で』と言っていた。

「でも、こんなところに野狐たちを閉じ込めていったいどうしようっていうの……？」

過去、野狐たちは奴隷として扱われていたとは伊吹に聞いていた。

妖狐の身分制度を復活させようとしたのかなと凛は考えたが、こんな地下に押し込んだところで、いいように使えないだろう。

「……あいつらは俺たちの妖気を吸い取ってるんだよ」

「妖気を吸い取る……!?」

思いがけないオサキの回答に、凛は掠《かす》れた声を漏らす。

この地下全体に巨大な結界が張られており、中にいる野狐たちの妖気を吸い上げる妖術がかかっているという。そして吸い上げられた妖気を地上にいる身分の高い妖狐たちが自由に使用し、便利で贅沢《ぜいたく》な生活を送っているのだとか。

確かに、地上はとても華やかで遊園地のような空間だった。まさかその裏で、こんな惨《むご》い仕打ちが行われているとは。

ここまでオサキに話を聞いたところでいくつかの疑問点が生まれた凛は、それを尋ねてみることにした。

「ねえ、見張りがいるから逃げられないって言っていたけど。あなたはさっき地上に逃げていたわよね？」

「うん。まあ、結局見つかって戻されちゃったけど……」

「それなら、みんなで力を合わせれば逃げられるんじゃないの？」

オサキの話からすると、周囲で蠢いている人影はやはり野狐たちのようだ。

ざっと見渡しただけでも数十人はいたし、ここが広大な空間だと考えると、全部で数百人は下らないだろう。

その野狐たちが結束すれば、見張りをどうにかして脱出は可能なのでは？

しかしオサキは首を横に振った。

「最初はみんなも逃げようとしてたんだよ。でも俺たち野狐の血筋の者は基本的に気狐や空狐よりも妖力が低いから、簡単に連れ戻されちゃうんだ。それにその少ない妖力もほとんど地上の暮らしのために吸われちゃっているし……。だからみんな、諦めちゃったんだ」

「諦めちゃった？」

「うん。もう余計なことは考えないで、ここでおとなしくするしかないんだって。どうせ俺たちはもともと奴隷なんだからって」

「そんな！」

絶望的な野狐たちの思考に、凜は悲鳴のような声を漏らす。

「でも俺は諦めたくなくって。体も小さいし、なんとか隙をついて脱出したんだ。でも逃げている最中に足を怪我して、動けなくなっちゃって」

「それで私に助けを求めたところ、見つかってしまったのね」

「うん。巻き込んじゃってごめんなさい。あなたは鬼で、妖狐のいざこざは全然関係ないはずなのに」

涙を浮かべながら謝罪の言葉を口にするオサキ。

もちろん凛には、小さな彼を責め立てる気持ちなどいっさい生まれなかった。幼い子狐にこんなことを言わせ、野狐たちをひどい目に遭わせている何者かに対する憤りしか覚えていない。

「……許せない。あなたみたいな小さな子に、なんの罪もない野狐たちにこんなひどい仕打ちをするなんて」

「お姉ちゃん……？」

怒りを露《あら》わにして握った拳を震わせながら呟く凛を、オサキが不思議そうに眺める。

「ねえ。ここから絶対に出よう、みんなで」

「え？　そりゃ俺は出たいけど、みんなはもう……」

「大丈夫！　きっとなにか方法があるよ！」

断言するようにオサキに告げた凛の頭の中に浮かんでいるのは、最愛の夫である伊吹の存在だった。

――きっと伊吹さんが同じ状況になったら、野狐たちを助けようと体を張って奮闘するはず。私は伊吹さんみたいに強い妖力はないけれど……。

こうしてオサキと出会えたのもなにかの縁。きっと人間の自分にもできることはなにかあるはずだ。

そう決起する凛だったが、オサキは浮かない顔をしてこう言った。

「ありがとうお姉ちゃん。だけど、やっぱり難しいと思う。みんなが諦めてしまったのは、妖力を吸われているからだけじゃないんだ」

「え、どういうこと？」

これ以上、なにかひどい目に遭っているの？

凛がそう言葉を続けようとした瞬間だった。

少し離れた場所が、急にまばゆい光を放ち出した。暗がりに慣れてきた頃だったので、目がくらんでしまい凛は思わず瞼を閉じる。

恐る恐る目を開けて明かりの方を再度見てみると、そこには何人もの野狐を従えたあやかしの女が佇《たたず》んでいた。

妙齢のとても美しい女だった。煌《きら》びやかな金の刺繍《ししゅう》があちこちに施された着物をまとい、漆黒の艶やかな髪を膝下まで垂らしている。真っ赤な紅の引かれた艶めかしい唇は、笑みの形にゆがんでいた。

しかし狐耳も尻尾も彼女からは見当たらない。

自分以外は妖狐しかいないこの空間に現れたあの美貌のあやかしは、いったいどんな存在なのだろう。

すると周囲にいる野狐たちは、彼女に向かって一様にひれ伏したのだった。

「あの女は数日に一度ここにやってくるんだよ。俺たちの中に変なことを考える奴がいなくなるよう、妖術で誘惑してるんだ」

オサキがどこか怯《おび》えたような目つきで件《くだん》の女性を見ながら言った。

「誘惑⁉」

「うん。あの女の誘惑のせいで、俺以外の諦めの悪い野狐もみんな言いなりになっちゃった。女性にも効く誘惑みたいだけど、俺は子供だったから効かないみたいで」

「そんな……！」

これが先ほどのオサキの『みんなが諦めてしまったのは、妖力を吸われているからだけじゃないんだ』という言葉の真実だったというわけか。

「あのあやかし、妖狐じゃないみたいだけど。そんなに力のあるあやかしなの？」

「そりゃそうだよ。あの女は、鬼の若殿の花嫁なんだから」

「え……⁉」

あまりにも予想外の言葉だったため、凛は一瞬理解できなかった。

オサキから放たれた言葉をもう一度脳内で復唱し、ようやく意味を解したが、受け止められず愕然としてしまう。

――いったいどういうこと？　だって、鬼の若殿の花嫁は……。

凛であるはずだ。いくら人間だからって、いくら地味で華がないからといって、伊吹に花嫁として迎えられたのは自分自身に間違いない。

「お姉ちゃん？　まさか誘惑されちゃった……？」

驚きのあまり無言で固まる凛をオサキは心配そうに眺める。なにか反応しようと試みたが、言葉が見つからなかった。

「野狐のみんなー、今日もわらわたちのために妖力をありがとぉ。これからもずーっとずーっとよろしくね～」

甘ったるい声で、鬼の若殿の花嫁を騙《かた》る女が野狐たちに呼びかける。

すると凛の周囲にいた野狐たちは虚ろな瞳となり、「はい、鬼の花嫁さま…」と覇気のない声で返事をした。

偽の鬼の花嫁からは、色気の強い不快な香りが漂ってきている。凛は思わず顔をしかめてしまうも、自身の心が乱れたようには感じなかった。

人間だからか妖狐ではないからかわからないが、どうやら凛も誘惑が効かない体質らしい。

「私は大丈夫。ちょっといろいろあってびっくりしちゃって。心配かけてごめんね、オサキくん」

不安げに凛を見つめていたオサキに微笑みかけると、ホッとしたような面持ちになった。

「そっかー。実は俺、なんだかお姉ちゃんには誘惑が効かなそうな気がするって思ったんだよね」

「え、どうして？」

「うーん、うまく言えないけど普通のあやかしとはどこか違うっていうか……。なんとなくだけど」

子供の勘は鋭いな……と、凛は内心ぎくりとする。さすがに凛が人間であるとは察していないようだが。

その後、偽の花嫁が去ると、野狐たちは壁に背をつけて座り込んだり、ボロボロの毛布をかぶって寝転んだりしていた。妖気を吸い取られる以外、ここでは特になにかが課せられているわけではないようだ。

ぶつぶつ独り言を言いながら空虚な瞳をしている妖狐は、おそらく先ほどの女に魅せられているのだろう。中にはまだ意思がありそうな目をしている者も少数見られたが、彼らはこんな会話をしていた。

「鬼の若殿の花嫁に逆らいなんてしたら、命はないからな……」

「ああ、俺たちは言いなりになるしか生きる術《すべ》はないんだ」

誘惑から逃れた数少ない野狐たちは、鬼の若殿の花嫁を騙るあやかしの肩書を恐れているようだった。

現在のあやかし界では、種族による身分の違いなどない。しかし、鬼はあやかしの中ではもっとも妖力が強大な種族のひとつであり、かつて伊吹の祖父はあやかし界を統治する長だった。

人間があやかしにいまだに畏怖の念を抱いているのと同じで、妖狐も強大な力を持つ鬼を恐れているのだろう。つまり、誘惑と地位による脅しという二段構えで、野狐たちは反抗心を喪失させられているのだ。

「お腹すいたよ～！」

「ダメだ、力が入らない……」

そんな悲鳴や弱々しい声が至るところから響く。

野狐たちは満足な食事を与えられていないようで、皆やせ細っていた。病気で寝たきりの子狐も近くに見える。

あまりにひどい有り様だ。みんなで早くこの場から逃げ出さないと、死んでしまうかもしれない。

凛の偽物の誘惑から逃れられた野狐も少数だがいるようだし、オサキのように希望を失っていない者もいる。そういったメンバー中心で団結し、ここから脱出する計画を早急に立てなければ。

「みんな！　力を合わせてここから逃げよう！」

思い立った凛は、ボロボロの野狐たちに向かって声を張り上げた。

すると野狐たちは不審げに凛を見据える。オサキも何事かと驚いたように凛を見つめていた。

「……誰だあいつ。妖狐ではないみたいだが」

「鬼の匂いがする。まさか鬼の花嫁の仲間？」

伊吹の口づけによって移された鬼の匂いを、鼻の利く妖狐たちはすぐに感じ取ってくれたようだ。

――私を鬼だと信じてくれるんなら、好都合だわ。

「みんなは騙《だま》されているだけなの！　さっきの女性は鬼の若殿の花嫁なんかじゃない！　偽物なのっ」

凛の言葉に、野狐たちは皆、意表を突かれたような面持ちになった。誘惑されていたと思われる者も凛に視線を合わせている。

「いったいどういうことだい、鬼のお嬢ちゃん」

中年の野狐に尋ねられた凛は、意を決してこう答えた。

「だって私が、本物の花嫁だから」

本当は人間だし、十分な御朱印も集まっていない今、自分からそれを明かすのはあまりよくないだろう。

しかし偽物の花嫁に粗末に扱われている野狐たちをこのまま見過ごすわけにはいかなかった。

これでみんなが脱出する意欲を持ってくれればと希望を抱いた凛だったが。

凛の告白の後、しばらくの間、野狐たちは目を丸くしていた。しかし「ぷっ」と誰かが噴き出したかと思うと、皆が声を上げて笑い始めた。

「え……？　みんな、どうしたの？」

思ってもみない反応に凛が戸惑っていると。

「あははは。だって、おかしくって！」

「お前みたいな地味で色気のない女、鬼の若殿の花嫁なわけがないじゃないか！　おまけに妖力もほとんど感じられないくらい低いし」

「え……わ、私は本当に！」

「嘘《うそ》もたいがいにしろよな、このちんちくりん！　ここに連れてこられて、頭おかしくなっちまったんじゃないのか？」

小馬鹿にするような視線を凛に浴びせ、あざ笑う狐たち。

オサキだけはハラハラした様子で凛を見ていたが、なにも口を挟まないことを考えると凛の言葉を信じたわけではなさそうだった。

再度凛は本当に自分が鬼の若殿の花嫁だと言おうとも思ったが、口をつぐんだ。

誰ひとりとして凛を信頼していないこの状況でさらに主張しても、なんの意味もない。

いったいどうしたらいいのだろうか。

あのあやかしの女は確実に偽物なのに。野狐たち全員とここから脱出したいのに。

しかし、彼らは自分の訴えをまるで信じてくれない。これでは、彼らに気概を取り戻させるのは至難の業だ。

なす術《すべ》のない凛は、その場で途方に暮れてしまった。

＊

鞍馬と共に油揚げラスクを購入した伊吹が、凛が元いた場所に戻ると。

「あれ、凛はどこに行ったんだ」

「この辺で待っているはずだったよね？」

凛の姿が見当たらず、ふたりは周辺を歩き回って捜索した。

最初は土産物屋にでも入ったのかと軽い気持ちで考えていた伊吹だったが、十分経っても凛は姿を現さず、次第に心配になってきた。

「まさか……！　人前でキスをした件に怒ってどこかに行ってしまったのか!?」

二十分が経ったところでハッとする伊吹。

あのキスの後からずっと凛は頬を赤らめたまま俯き加減で、伊吹と視線を合わせるのも避けているようだった。

怒っている雰囲気ではなかったからそこまで深刻に考えてはいなかったが、そういえば凛が怒ったのを伊吹は見た経験がない。

憤った凛は、あんな様子になるのだろうか？　そんなふうに伊吹が不安になっていると。

「あー、そうかもね～」

鞍馬に意地悪く返され、伊吹の不安は増大する。

耐えきれず口づけしてしまったが、繊細な凛の感情を慮れなかったのだ。これは夫として大問題である。

「そ、そうか……。俺はなんてことを」

「う、嘘嘘。マジになんなって、冗談だよ。そんなんであの優しい凛ちゃんが怒るわけないでしょ」

　どんよりとする伊吹に、鞍馬が苦笑を浮かべて元気づけてくる。どうやら、ついさっきの鞍馬の言葉は悪ふざけだったようだが、それでも凛が怒ってしまったかもしれないという伊吹の懸念は消えない。

「本当か!?　『公衆の面前でキスするなんて！　もう伊吹さんなんて知らない！　嫌い！』とか思ってないかな!?」

「だから大丈夫だってばめんどくせえな。たぶんその辺にいるっしょ」

すがるように尋ねてくる伊吹に鬱陶しそうな視線を向けつつ、凛の捜索を続行する鞍馬。伊吹も気持ちが暗いまま、凛の姿を捜す。

　しかし三十分が経過した頃、鞍馬も青ざめてきた。

「マジで凛ちゃんいなくない？　無断でどこか行くような子じゃないじゃん。まさか誘拐とか……？」

「俺もその可能性を考え始めたところだ」

　怒っていなくなった、くらいならまだよかった。しかし凛の意志で姿を消したわけではないとすると、大事件である。

　観光客を狙う強盗や強姦魔《ごうかんま》に狙われたとか、なにかをきっかけに凛が人間であると気づいたあやかしが食らおうとしたとか、悪い予想ばかりが伊吹の胸を駆け巡る。

「こんなことなら俺も凛もスマホを持っておくべきだったな……」

そうすればたやすく連絡が取れたはずなのに。伊吹は深い後悔の念に襲われる。

「確かにね。でも伊吹も凛ちゃんもそんなに必要そうじゃなかったし、今さらそんなこと言っても仕方ないじゃん。まあ今後は持つのを考えた方がいいかもね」

「そうだな……」

鞍馬の慰めにほんの少し救われつつも、凛を見つけ次第ショップに向かいスマホを契約しに行くことを伊吹は決意する。

そして必死で凛の行方を追って一時間が過ぎた頃、伊吹は妙なことに気づいた。

「……この島、どうもおかしい。妖狐や観光に訪れているあやかしの人数に対して、島全体から感じられる妖力が強すぎる気がする」

立ち止まりポツリと呟き、伊吹は辺りを見渡した。

九尾島の中心地であるため、妖狐や観光客の往来で賑わっている。しかしそれを踏まえてもやはり、辺りは並々ならぬ妖力で満ちあふれていた。

あやかしが多いとはいえ、行き来に困らないくらいの空間はある。感じる妖力から考えると、すし詰め状態になるくらいあやかしがいないとおかしい。少なくとも、今の倍以上は妖狐がいないと不釣り合いなほどだ。

「あっ！　そういえばさっき俺も変だなあと思ったんだよ。ほら、油揚げラスクを買った時だけど」

鞍馬がまだ食べていない油揚げラスクを眺めながら口を開いた。

「なにかあったのか？」

「うん。俺、並んでいる時にどんなふうに作るのかなって何気なくキッチンカーの中の厨房を見ていたんだけど。店員の妖狐が妖力を使って、無からラスクを出してたっぽかったんだよね」

「なに……？　本当か？」

存在しない物体をその場に出現させる妖術は、決して難しいわけではない。

しかし物質の生成は多大な妖力を消費するため、儀式などを除いて行うあやかしは少ない。

人間と同じように料理はあらかじめすべての材料を揃えて調理の手順を踏むあやかしがほとんどだ。

まして、流れ作業で商品を販売するキッチンカーの店員なんかが行うはずない妖術なのである。

「うん。その時は『こんなことして疲れないのかな』くらいに考えてたけど。やっぱあり得ないよね、普通に考えると」

「うむ、……。感じる多大な妖力と妖狐たちの力が釣り合っていないように思える。

この島にはなにか秘密があるようだな」

「凛ちゃんがいなくなったのとなにか関係してたりして……」

「それはまだわからないが、その可能性もあるな」

賑わうメインストリートの中心で、深刻な面持ちで会話をするふたり。

「妖気についての謎はともかく、一刻も早く凛を見つけなくては。今から『天狐城《てんこじょう》』へ向かおうと思う」

天狐城とは、その名の通りあやかしの長である天狐が住まう城である。音信不通となっている現在の長である八尾がいるはずなので、もともと旅行中の時間がある時に足を運ぼうと伊吹は考えていた。

しかし凛がいなくなった今、一刻も早く妖狐の長の力を借りて彼女の行方を捜さねばならない。伊吹と旧知の仲である八尾なら、きっと親身になって協力してくれるはずだ。

「そっか。妖狐の長に頼んで、島をあげて捜索してもらえばきっと凛ちゃんも見つかるよね！」

鞍馬が明るい声を上げる。

「ああ」

それに返事をする伊吹だったが……。

急にいなくなった凛、不釣り合いに大きい妖力。そして、しばらく前から連絡が取れなくなってしまった八尾。

ひょっとしたら、この陽気な島にはまだ自分も気づいていない重大な事柄が隠されているのではないか。

立て続けに起こっている不可解な現象の数々に、伊吹の胸に多大な不安が押し寄せたのだった。


九尾島の中心に位置している天狐城は、堀で四方を囲まれた立派な佇まいの和風の城だった。

槍《やり》を構えたふたりの門番に「鬼の若殿の伊吹とその弟だ。天狐に会いに来た」と告げると、ひとりは大慌てで中へと入っていき、もうひとりには「これはこれは伊吹さま！　ようこそおいでくださいました！」とひれ伏せられた。

そんなにかしこまらなくてよいと伊吹が告げようとした瞬間、もうひとりの門番が戻ってきてすぐに城内へと通される。

「桂《かつら》さまが中でお待ちです。さあ、どうぞ」

玉座の間の前まで案内してくれた門番にそう言われて、伊吹は首を傾げた。

「桂さま？　今の党首は八尾さんじゃないの？」

鞍馬も不思議に思ったようで、小声で伊吹に尋ねてくる。

伊吹は当主について門番に問おうと思ったが、それよりも凛の捜索に手を貸してもらうことの方が大事だと思い直す。

「ああ、そのはずだ。気になるが、今は凛を捜してもらう方が先決だ。とりあえず中に入ってみよう」

「あ、うん。わかった」

そういうわけで伊吹は鞍馬と共に玉座の間に足を踏み入れた。

畳敷きの厳かな空間だった。最奥で脇息《きょうそく》に体をもたれかけさせている妖狐の美少女の姿がある。

年の頃は十歳前後だろう。煌びやかな銀髪を高い位置で結わえ、白い小袖に赤い袴《はかま》という巫女《みこ》服を着ている。

彼女は美しい瞳を細めて伊吹と鞍馬を生意気そうに睨《にら》んでいた。突然の来訪に迷惑を被っている……という態度に見える。

伊吹は彼女――桂を知っていた。

桂は八尾の妹だ。何年か前に八尾に会った時、彼の後ろをちょこちょこと追いかけていた覚えがある。

その時よりも随分成長しているが、なぜ当主がいるはずの場所に彼女が座っているのだろう。妖狐の当主は現在は八尾であるはず。

妖狐ほどの勢力の強い種族が当主交代したとなればテレビニュースや新聞などで報じられるはずだが、伊吹はそんな情報は目にしていない。

「九尾島へようこそ、伊吹さま。私は玉藻《たまも》と申します。以後、お見知りおきを」

桂の隣に控えていた三十歳前後の妖狐の男性が恭しく頭を下げる。

どうやら彼は桂の補佐のようで、きりりとした面立ちで知的な印象を受ける妖狐だった。

桂はまだ幼い。なんらかの理由で現・当主になっているのだとしたら、彼がいろいろ手助けをしているのだろう。

「それで。あなたの用件はなんなのかしら」

面倒そうに言葉を放つ桂。彼女の傍らの玉藻が沈痛な面持ちになって頭を抱えている。

なぜ八尾ではなく桂が当主をやっているのかは気になるが、その前にもっと大事なことがある。

「この島に妻と観光に来ていたのだが彼女が行方不明になってしまった。当主の力で捜してほしい」

伊吹の言葉に、それまで気だるげにしていた桂もさすがに驚いたようで目を見開く。

しかしそれはほんの一瞬で、すぐに半眼になり厄介そうに伊吹を見据えた。

「へえ、それは大変ね。まあ、私には関係ないけど」

つんと澄まして桂が言い放つ。

すると玉藻は、大層狼狽《ろうばい》した様子で彼女をたしなめた。

「桂さま！　鬼の若殿である伊吹さまに向かってなんて暴言を。申し訳ありません、伊吹さま。全島をあげて奥様の行方を捜索いたします」

伊吹に向かって深々と頭を下げる玉藻。

どうやらなにかの成り行きで当主となった桂だが、そのじゃじゃ馬っぷりに玉藻が手を焼いているようだ。

――前に会った時は、元気だがとても礼儀正しい子だった覚えがあるがな。

幼女だった頃の桂の姿を思い起こす伊吹。

しかし、子供の成長は著しいものだ。数年で性格が変わったとしても、そこまでおかしくはない。

「そうか、恩に着る。時に桂。君の兄である八尾はどうしたのだ」

凛の捜索への協力が無事に依頼できたため、伊吹は気になっていた八尾の行方について やっと尋ねた。すると。

「さあ？　知らないわ、あんな人」

桂は今まで以上につっけんどんな口調で答えた。兄など心底どうでもいいといった感情がひしひしと伊吹に伝わってくる。

——昔は兄のことを慕っている様子だったのに……。いったいふたりの間になにが起こったのだろう。

「桂さま！　まったく、伊吹さまに対して失礼な……！」

「ああ、俺は別に構わんよ」

またもや桂をたしなめる玉藻に、伊吹は苦笑いを浮かべて告げる。

実際に、生意気な桂の様子には別に気を悪くしてはいない。あの兄が大好きなかわいらしい少女が、こんな態度を取るようになった経緯については気になったが。

「本当に申し訳ありません。それで八尾さまですが、実はしばらく前から行方知れずでして」

「えっ⁉　八尾さんもっ？」

玉藻の言葉に、鞍馬が驚きの声を漏らす。

伊吹も音信不通を気にしてはいたが、単なる気まぐれで返信が滞っているのだと思い込んでいた。

まさか八尾が天狐城からも姿を消しているとは予想外だった。

昔から大雑把で適当なところがある八尾だが、当主の仕事をほっぽり出すような無責任なあやかしではない。

「はい。八尾さまの行方も総力をあげて捜しているのですが、手がかりひとつなく……。それで今は桂さまが当主代理を務めているのです。騒ぎになるので、八尾さまの行方不明の件は城内だけの秘匿にしております」

「なるほど。そういうわけだったのだな」

天狐は世襲制であるため、天狐の血筋を持つ者しかその座につけない。

また八尾は未婚であるから、彼が不在となるとその妹である桂が地位を引き継ぐことになる。

しかしまだ子供である桂に政《まつりごと》を任せるのは厳しいため、世話役の玉藻が摂政のような立ち位置となっているのだろう。

伊吹と玉藻がそんな会話をしている間、桂は興味がないようで髪を指に巻きつけて弄んでいた。

しかし、ふと伊吹と鞍馬の方に今一度視線を合わせると。

「あら！　あなたたちよく見たら、ふたりともすっごくイケメンじゃない！」

これまでと打って変わって弾んだ声を上げた。らんらんと輝かせた瞳で伊吹と鞍馬を見つめている。

「へっ……？」

傍らの鞍馬が間の抜けた声を上げる。伊吹も虚を衝かれる思いだった。

それまで行方不明のふたりについて玉藻と真剣に話し合っていたというのに、急に伊吹と鞍馬の外見に桂が飛びついてくるという場にそぐわない言動をし始めたため、さすがの伊吹も動揺してしまった。

「ねえねえ！　よかったら一緒にお茶でもしない？　おいしいお菓子もあるのよ～。あなたたちとゆっくりお話したいわ！」

満面の笑みを浮かべて桂が言う。

美男に入れ込むのは年齢のわりにはませた振る舞いだが、その無邪気な様子はやはり子供なのだなと感じさせられる。妖狐の当主など務まるはずもないと思わされるほどだった。

「桂さま！　この非常事態になにを呑気《のんき》なことをおっしゃっているのですか!?　あなたのお兄様も伊吹さまの奥様も行方不明なのですよ!?」

「ふん、別にいいじゃないの。どうせ捜すのは下っ端の妖狐どもでしょ。私と彼らがお茶をしようがしまいが見つかるものは見つかるし、見つからないものは見つからないわよ。ね、ふたりともこの後、茶室にいらっしゃいよ～。あ、玉藻は来ないでね。いちいち小言がうるさいから」

きつく注意をする玉藻だったが、桂はまったく気に留めた様子もなく、またもや伊吹と鞍馬を誘う。

——本当に兄の八尾のことなどどうでもいいのだろうか。

あまりに能天気な様子に、伊吹は呆《あき》れてしまう。鞍馬も引いたような目で桂を見据えていた。

「いい加減になさってください！……伊吹さま、鞍馬さま。追い立てるようになって申し訳ありませんが、用件はお済みかと思いますので今日はもうお引き取りを」

「うむ……」

玉藻の言葉に伊吹は頷くと、鞍馬と共にそそくさと玉座の間から退室した。「なによ玉藻！　私の楽しみを邪魔しないでよっ。空狐の分際で！」という桂の喚き声を背中越しに聞きながら。

「伊吹さま、鞍馬さま。申し訳ありません。失礼な言動ばかり……」

ふたりと一緒に玉座の間から出てきた玉藻が、深々と頭を下げて主の非礼を詫《わ》びてきた。

「いや、だから俺はまったく気にしていないよ。しかしあなたも大変だな、幼い桂が当主では」

あのじゃじゃ馬の面倒は本当に骨が折れそうだ。その上、玉藻は彼女の代わりに九尾島の自治も行わねばならない。考えただけで心労が溜《た》まりそうな立場である。

しかし伊吹の言葉に、玉藻は首を横に振った。

「いえ、私はそんなに困ってはおりませんよ。桂さまの苦しみに比べればなんのこれしき」

「苦しみ？　全然そんな感じには見えなかったけどなあ」

突っ込む鞍馬だったが、玉藻はどこか寂しげに微笑んだ。

「あんな生意気なことを言っていますが、桂さまも本当は寂しい思いをしているのですよ。兄である八尾さまをきっと胸の内では心配なさっているはずです。私どもにもその姿は見せませんがね」

「そうか」

家臣に心配をかけまいと桂が威勢よく振る舞っているのだとしたら、大したものだ。さすがは若くして妖狐たちを統治している八尾の妹だけある。

また、桂に対する言動を見る限り、玉藻は心から天狐兄妹を気にかけているようだ。

「桂さまと八尾さまのためならば、この身などどうなっても構いません！」

その物言いが、少し大げさには思えたが。

「そ、そうか。では、妻の凛の捜索を頼む」

改めて頭をぺこりと下げながら伊吹が玉藻に依頼すると。

「はい。全力をあげて奥様を捜します」

「ありがとう。八尾も早く見つかるといいのだが」

「……はい。お気遣いありがとうございます」

玉藻はうっすらと涙を浮かべて、伊吹に礼を述べたのだった。

第三章　九尾島の秘密

凛が九尾島の地下に閉じ込められて、数時間が経った。

様子を探ろうと辺りを歩き回ってみたが、疲れきった傷だらけの妖狐たちが座り込んだり寝転んだりしている劣悪な環境を見せつけられるだけだった。

そして、先ほど『私が、本物の花嫁だから』と主張してしまったせいか、妖狐たちは凛を変わり者だと思っているらしい。

遠巻きに眺めてくるか、「ほら吹き女だ～」などと、からかいの言葉を浴びせてくるだけだった。

――まあ、いきなり現れた正体不明の女があんな主張をしても、信じてくれるわけないよね……。

焦ってとんでもないことを口走った自分の行いを後悔する凛。

しかしそんな凛にとって、オサキの存在は救いだった。

「お姉ちゃん、お腹すいたんじゃない？　残しておいた油揚げがあるんだ。半分こしようよ！」

妖力が回復したらしく狐耳と尻尾を生やした獣人形態になったオサキが、油揚げを差し出しながら明るい声で話しかけてきた。

人間の年齢に換算したら、おそらく十歳前後だろう。少し癖のある金髪をふわりとなびかせ、目のくりっとしたなかなかの美少年だった。

しかし鬼の若殿の花嫁についてオサキが言及してこないのを考えると、やはり凛を本物の花嫁だとは思っていないようである。

「ありがとう、オサキくん。でも私、お昼にきつねうどんを食べたからまだお腹すいてないの。油揚げはオサキくんが食べて」

「そっかー。あー、いいなあきつねうどん……」

切なそうにオサキが言う。

ここに閉じ込められた妖狐たちの食糧は、毎日配られる数枚の油揚げとわずかな飲料水のみらしい。きつねうどんのような温かい食べ物は、もう何日も食していないだろう。

——そういえば、捕まる直前に伊吹さんと油揚げラスクを半分こして食べようとしてたっけ。

怒涛《どとう》の展開で今の今まで忘れていた。

伊吹と共に味わうはずだった甘味は、さぞかし美味だっただろう。大好きな彼と一緒に食せば、どんな食べ物でも凛にとっては至福の味となる。

——伊吹さん、きっと心配しているよね。鞍馬くんも。

今頃、血眼になって自分を捜索してくれているに違いない。

楽しいはずの旅行だったのに、ふたりにそんなことをさせてしまって凛は申し訳ない思いでいっぱいだった。

しかしそれ以上に、ここに閉じ込められた妖狐たちを助けたいという気持ちの方が強かった。

なぜなら自分は、偉大な鬼の若殿の花嫁なのだから。

――伊吹さんなら、妖狐たちを助けるために全力を尽くすはずだわ。

それなら自分も彼の伴侶として、精いっぱい頑張りたい。そう凛が考えていたら。

「うう。誰か……。助け……」

近くから呻き声が聞こえてきた。あまりに苦しそうだったので、思わず声のした方を向く。

するとそこには、やせ細った者ばかりのここの野狐たちの中でもひときわ衰弱した様子の妖狐が横たわっていた。すでに獣人の形を取るほどの力は残っていないようで、狐本来の姿となっている。

しかし周囲の野狐たちは誰も彼を気に留めている様子はない。

凛がいたたまれない気持ちで弱った野狐を眺めていると、オサキが沈痛そうに彼について説明してくれた。

「あの妖狐は、病気みたいなんだ。もともと家族もいないらしくって。もう少し元気な時は俺が油揚げを分けて食べさせたりしていたんだけど、ここ数日で病気がひどくなっちゃってさ。ここには薬なんてないから、俺もどうしたらいいのかわからないんだよね……」

優しいオサキは彼を気にかけていたようだが、確かに子供が病気のあやかしの面倒なんて看きれないだろう。

病気で弱ったせいなのか、その野狐はひどい皮膚炎を発症していた。至るところの被毛が抜け落ち、赤くただれている。直視するのもつらいくらい痛々しかった。

「あいつはもう長くなさそうだな」

「放っとけ。近寄ったら皮膚炎が移るかもしれない」

通りがかりの野狐ふたりから、そんな会話が聞こえてきた。

しかしこの状況で、彼らをどうして責められようか。皆、自分のことで精いっぱいなはずだ。

――だけど私はまだ元気だし。放っておけないわ。

凛は衰弱した狐に近寄った。オサキは『どうするの？』とでも言いたげに、傍らで凛を眺めている。

強制的にこの場に連行された凛だが、持ち物は奪われていなかった。

持ち歩いていた桔梗柄《ききょうがら》の巾着の中には財布といった貴重品の他、ハンカチ、手鏡、そして甘緒がくれた保湿クリームが入っている。紅葉も大絶賛していたクリームは、凛にとっても使い心地がよくて愛用していたのだ。

クリームには薬草の成分も入っているはずだから、少しはこの妖狐の皮膚炎に効果があるかもしれない。

「あの、私、皮膚によさそうなクリームを持っていて。体を拭いてから塗ってもいいですか？」

横たわる妖狐に声をかける凛。答える気力がないのか、彼は凛を見つめ返すだけだった。

しかし嫌がっている素振りは見られなかったので、凛は行動を起こした。

オサキから飲み水を少しだけもらってハンカチを濡《ぬ》らし、皮膚のただれた部分を優しく拭いていく。そして保湿クリームを患部に丁寧に塗り込んだ。

少しクリームがしみるようで、衰弱していた妖狐は顔をしかめた。しかしそれはクリームに含まれた薬用成分が効いている証拠だろう。

体を拭かれて心地よくなったのか、凛による手当てが終わったらすぐにその妖狐は寝息を立てた。

「さっきより楽になったみたい！　お姉ちゃん、ありがとう！」

オサキは、まるで自分のことのように喜ぶ。

――自分だって大変だというのに思いやりのある子だわ。

「ううん、ちゃんとした薬じゃないし、大した手当てはできなかったわ。少しは皮膚がよくなるといいんだけど……」

オサキの優しさに胸を打たれながらも、凛が弱った妖狐の身を案じていると。

「あんた。よくそんなことができるな。もしかしたら自分に病気が移るかもしれないっていうのに」

背後から低く澄んだ男性の声が聞こえた。凛が振り返ると、二十代前半くらいの妖狐の男性が佇んでいた。

長身痩躯《そうく》の、若く美しい男だった。緩やかなウェーブのかかった髪の隙間から眼光の鋭い金の瞳が覗き、形のよい唇はへの字にゆがめられている。

彼は凛を不審げに眺めていた。

「にーちゃん！」

誰なんだろうと凛が考えていたところ、オサキが親しげに彼をそう呼んだ。

そういえばオサキは、ここに来る前は兄とふたりでのんびり一緒に暮らしていたと言っていた。

他に思案することがありすぎて、凛は今の今までその言葉を忘れていた。

「オサキくんのお兄さん。初めまして、私は凛と申します」

「……俺はイヅナ。弟を助けようとしてくれたらしいな。それについては感謝する。

だが、あんまり他の奴に構わない方がいい。ここではどうにもならないことばかりだ。さっきも言ったが、病気が移るかもしれないぞ」

ぶっきらぼうな口ぶりだが、どうやら凛の身を案じてくれているらしい。

気さくなオサキとは対照的なクールなあやかしだなと思ったが、心優しい面は兄弟で同じなようだ。

「心配してくれてありがとう。でも私、弱そうに見えて体は丈夫なの。だからたぶん大丈夫」

笑顔で凛は答える。実際、凛はあまり病気にかからない方だった。もちろん強靭《きょうじん》な肉体を持つ伊吹や鞍馬とは比較にならないが、それでも多少の無理で体を壊すほどやわではない。

人間界で虐げられていた頃は、具合が悪くなっている暇などなかった。おそらくそのせいでやたらとタフになってしまったのだ。

「それでも皮膚病が移らない保証はないだろ。女でそいつみたいな肌になったら、最悪じゃないか」

眉をひそめてイヅナが苦言を呈する。

確かに彼の忠告通り、移りやすい伝染病だとしたら凛も感染する恐れはあるが。

「うーん。でも放っておけないし……」

曖昧に笑って凛は答える。

そこまで言われて『いえ、でも率先して看病をやります』と主張するのは、偽善っぽさがにじみ出てしまう気がした。だが弱った妖狐に手を貸したい気持ちは伝えたくて、控えめな言葉になった。

それに、きっと伊吹さんなら私が病気になってもなんとかしてくれるはずだと、密かに凛は心の中で付け加えた。

常に優しくて心が広く、弱ったあやかしに分け隔てなく手を貸す伊吹が自分にはついている。だからこんな状況でも、あまり恐怖を感じないのだろう。

するとイヅナはしばらくの間、無言で凛を不思議そうに眺めた後。

「……変な女」

ポツリと呟いて、凛とオサキの元から去っていった。

「おねーちゃん、ごめんね。にーちゃん不愛想な奴で……。ああ見えて根は優しいんだけどさ～」

オサキが不安げに凛を見つめながら兄のフォローを入れてきたので、凛は笑って頷く。

「うん、わかってるよ。だってイヅナさん、私を心配して声をかけてくれたみたいだったから。彼はどうやら鬼の若殿の花嫁には誘惑されてないみたいね」

イヅナの双眸には強い意志の光がたたえられていた。

誘惑にあった妖狐たちは一様に空虚な瞳をし、鬼の若殿の花嫁に対する称賛を常にうわ言のように呟いているので、彼みたいに会話もままならない。

しかし、そのイヅナですら『ここではどうにもならないことばかりだ』と言っていた。他の誘惑を逃れた者たちと同様、鬼の若殿の花嫁への畏怖からイヅナは脱出を諦めているようだった。

オサキは苦笑を浮かべてこう答える。

「誘惑って素直な人ほどかかりやすいらしくて、にーちゃんはひねくれているから無事だったみたいだよ。長いものには巻かれないタイプなはずなんだけど、それでも鬼の若殿の花嫁に対抗するのは難しいみたい」

「そうだよね……」

ただでさえ逃げ場のない地下に閉じ込められたこの状況で、『最強』の鬼の伴侶に抗おうなんて思えるはずがない。

だけど、なにか脱出への糸口が見つけられればイヅナは協力してくれるに違いない。

彼はこんな場所でも瞳に輝きを失っていないオサキの兄なのだから。

誘惑に屈しない野狐の兄弟の存在は、凛の心に力を与えてくれたのだった。

＊

凛が行方不明になって一夜が明けた。

伊吹と鞍馬は天狐城を出た後も必死で九尾島の市街地で凛を捜したが、一向に手がかかりは得られなかった。

一応日付が変わる頃に捜索活動はいったん中断した。

鞍馬は予約していたホテルで休んだようだが、眠りにつける気がしなかった伊吹は夜通し街を歩き回った。

そして朝食を終えた今、再び鞍馬と繁華街の中で凛を捜している。

「伊吹、あっちにある大きな公園の方は昨日あんまり行ってなかったかも」

「そうだな……。あの辺りで聞き込みしてみるか」

鞍馬の提案に伊吹は頷くと、肩を並べて公園に向かった。

眩《まぶ》しい太陽の明かりが、徹夜した伊吹の充血した瞳に突き刺さる。

愛する嫁がいなくなったのだから、いてもたってもいられないのは当然だ。

鬼の強靭な体は、二、三日寝ないくらいではへこたれないので睡眠不足程度ならなんの問題もない。

しかし手がかりもなしに闇雲に捜しても、見つかるはずがない。

妖狐の数と妖力の総量が釣り合わない不可解な現象、行方をくらましている八尾の件を踏まえると、凛の行方不明にもなにか陰謀めいたものを感じる。もしそうだとしたら、ただ市街地を歩いて聞き込みをするくらいでは凛の発見には至らないだろう。

ひと晩経ち、幾分か冷静になった伊吹はそう思い始めていた。

——なにか手がかりを見つけなくては。しかし、どうしたものか……。

昨日天狐城で話を聞いた後、ひょっとしたらこの騒動には城内の者たちが関わっているのかもしれないとも考えた。

天狐の座を巡る継承争いが勃発しているとしたら、そう不思議でもない。昔は仲のいい兄妹だった八尾と桂だが、桂のあの調子を見ると現在は違うようだし。

しかし仮にそうだとしても、伊吹たちのような部外者が妖狐の内輪で起こっている骨肉の争いの尻尾など掴めるわけはない。

あれこれ思案に暮れながら、鞍馬と共に伊吹が公園に到着すると。

「きゃあー！　こ、こっちに来ないでくださいっ。助けてー！」

女性の絶叫が公園の噴水の方から響いてきた。見ると、狐耳のついた小柄な少女の周りに数羽の鷹《たか》が飛び交っている。

周囲に他の観光客や妖狐たちもいたが、たかが鳥に襲われているだけと高を括っているのか、あまり彼女を心配している様子はない。

しかし鞍馬は気になるようで、鷹に狙われている少女を注視しながら口を開いた。

「あの子、なんか助けを呼んでいるみたいだけど」

「そうだな。……てか、どこかで聞いた声ではないか？」

そのどこかまでは思い出せなかったが、覚えのある声な気がした。

「あ、伊吹もそう思った？　俺たちの知ってる子かなあ。とりあえず行ってみよっか」

鞍馬も同じように感じたらしい。伊吹は彼と共に少女の方へ駆け寄る。そして伊吹と鞍馬が鷹を手で払いのけると。

「あ、あなた方は……！」

漆黒の無地の着物にきつく巻いた金の帯。群青の長い前髪で、半分は隠れているが端正な顔立ちをした少女は濡れ女の潤香《うるか》だった。

伊吹は数度しか彼女に会っていなかったため、姿を見るまで声の主が頭に浮かばなかった。

「君は、椿《つばき》のとこの……」

鞍馬が少し警戒したような口ぶりになった。

牛鬼《ぎゅうき》のあやかしである椿は美しい銀髪と瞳を持つ美貌の青年だが、行動に一貫性がなく、いつもなにを考えているかわからない不気味な男だった。

凛が夜血の乙女で人間であるとすでに見抜いており、理由は定かではないが彼女に執着心を抱いている節がある。

敵対関係になることもあれば、こちらが窮地に陥れば手を貸してくれることもあり、伊吹にとっては得体の知れない存在だった。

そして潤香は、椿の下働きの少女だった。

「はい。いつも椿さまがお世話になっております」

「いや別にお世話なんてしてないけど」

潤香から主への感謝を述べられるも、椿の面倒など見た覚えのない鞍馬は苦笑いをする。

椿の傍らで潤香がいつも人形のような無表情で佇んでいる光景が、伊吹の頭にふと浮かんだ。

そんな彼女が鳥に襲われて悲鳴を上げていたのは意外に思えたが、濡れ女の成り立ちを考えればそれも無理もないかもしれない。

「濡れ女は蛇の化身……。猛禽類《もうきんるい》が天敵だったな」

「はい、その通りです。向こうも私を獲物だと思っているようで、たまにこうして襲いかかってくるのです。助けていただいてありがとうございました」

すでに冷静さを取り戻したらしく、いつものように澄ました顔でぺこりと頭を下げる潤香。

「それで。君がここにいるということは椿も来ているのか？」

「はい。今はお煙草を吸いに喫煙所へ行ってらっしゃっていて。ですがそろそろ戻ってくると――」

「あれ？　伊吹に弟くんじゃないか。凛ちゃんはどうした？」

伊吹の問いに答えた潤香だったが、途中で背後から麗しい男性の声が聞こえてきた。

客観的には美声とされるだろうが、その声の主といざこざがありすぎて、伊吹にとっては不快な音でしかない。

「……椿」

振り返ると、いつも着ている黒の法衣姿の椿が不敵な笑みを浮かべて立っていた。

狐耳のカチューシャが妙に銀髪に馴染《なじ》んでいる。

そういえば潤香の頭にも狐耳が生えていたが、彼女はこういったものを好むタイプに思えないので主に命じられてつけているのだろう。

「こんなところで奇遇だねえ！　ふたりとも観光に来たの？　あれ、でもそれなら凛ちゃんがいないのはおかしいなあ。なにかあった？」

椿が嬉しそうに微笑む。相変わらず面倒なことに気づく男だ。

「お前には関係ない。こっちは忙しいんだ。行くぞ、鞍馬」

本当に椿に構っている暇などない伊吹は、鞍馬と共に彼から背を向けようとしたが。

「もしかして凛ちゃん行方不明？　八尾がいないのとなにか関係があったりして」

椿から発せられた言葉には、伊吹も足を止めざるを得なかった。

「お前。八尾が姿を消しているのをなぜ知っている？」

昨日、桂の世話役の玉藻が『騒ぎになるので、八尾さまの行方不明の件は城内だけの秘匿にしております』と話していた。

伊吹たちも天狐城を訪れて彼から話を聞くまで、その事実は知らなかったのだ。

つまり椿は、伊吹たちと同じように天狐城を訪れて玉藻から事情を聞いたか、他のルートで八尾についての情報を得たと推測できる。

「え？　俺は八尾とある約束をしててさ。その約束の日が近いから天狐城に会いに来たら、行方不明なんだって城の人に言われちゃって。だけど大事な約束だからどうしても会わなくちゃいけなくて、彼を捜してたんだよ」

「大事な約束ってなに？」

気になったらしい鞍馬が尋ねるが、椿はにやりと笑みを深くしてこう答えた。

「んー。それはナ・イ・ショ」

「………」

相変わらず不快な男だ。言動のひとつひとつが気に障り、伊吹は思わず顔をしかめる。

椿と八尾の大事な約束とやらは確かに少し気になるが、今はそれどころではない。

「なにか他に八尾について知っているのか？　頼む、知っていることがあれば教えてほしい。なんでもいい」

「へえ。君が俺に頼み事なんて珍しいねえ？　まさか本当に凛ちゃんがいなくなっちゃったの？」

挑発するような椿の口調に、伊吹が苛立ちを覚えなかったわけではない。だが、しかし。

「ああ、その通りだ。なにも手がかりがなく、すでになりふり構ってはいられない状況でな」

伊吹が素直に答えると、椿は少々驚いたようでわずかに目を見開いた。

凛が関わっていなければ、椿に頼ろうとは決して考えないだろう。

しかしなによりも誰よりも大切な凛を見つけ出すためならば、プライドなど余計なものでしかない。

――俺は凛のためならばどんなことだってする。

幸い、椿は凛を助けたことはあれど直接的に危害を加えたことはない。言動は不気味でしかないが、椿は椿なりに凛を気にかけている節がある。

「ふーん、なるほどねえ。それなら俺たちが知っていることを君たちに教えてあげてもいいよ。その代わり今回は協力しようよ」

「協力って？」

鞍馬が尋ねると、椿は笑みを浮かべながらも真剣な口調でこう答えた。

「俺もなんとかして八尾を見つけたいんだ。だから、力を合わせて行方不明のふたりを捜そうってこと」

伊吹にとって椿の提案は願ったり叶ったりだった。今は協力者はひとりでも多い方がいい。

玉藻の話では島の妖狐たちも凛の捜索にあたらせるようだったが、しょせん他人である。自分とは真剣みが違うだろう。

それにしても、椿の方から手を組みたいと申し出てくるとは。彼にとって、よっぽど八尾との約束は重要な事柄なのだろう。

「いいだろう。俺も八尾の行方も気になっていたしな。ここは一時休戦にしよう」

「ふふ、やけに物わかりがいいね。鬼の若殿も、愛する凛ちゃんのこととなると必死なんだねえ」

「いちいちうるさい奴だな」

からかってくる椿がやはり不快だったが、大事な協力者なので伊吹はそれ以上はなにも言わない。

するとと、鞍馬が椿と潤香をマジマジと見つめながら口を開いた。

「俺もその方針に異論はないよ。でもちょっと気になったんだけど、椿も潤香ちゃんも八尾さんを結構真面目に捜してたんだよね？」

「うん、そうだけど？」

「じゃあなんで狐耳なんてつけてんの……？」

そういえばまだ凛が一緒にいて純粋に観光を楽しんでいた時は、鞍馬に勧められて伊吹も狐耳のカチューシャを装着していた。

凛が行方をくらませてからはそんな気分には当然なれなくて、外して処分してしまったが。

「え？　だってせっかくもらったしさあ。目的はどうであれ、観光地を歩くなら楽しい気分になった方がいいじゃん？」

「私は椿さまに『潤香もつけようよ』と申しつけられまして。変でしょうか？」

のほほんと答える椿と、真顔で尋ねる潤香。

「あ、そう……。いや、潤香ちゃんは似合っててかわいいから別にいいんだけども……」

さすがの鞍馬もマイペースなふたりの様子に呆れた様子だった。

椿の呑気な回答に、彼に協力を仰いで本当に大丈夫なのだろうかと伊吹も一抹の不安を抱いたのだった。

椿たちと手を組むことにした後、一同は近くにあったカフェに入店して作戦会議を始めた。

「まず、伊吹たちも気づいていると思うんだけどさ。島の妖狐の数と感じる妖気の大きさのバランスがおかしいよね」

ティーカップを優雅に持ちながら、椿が話し始めた。

「……やっぱりお前も把握していたか」

妖気を少し探れば誰にでもわかる。

しかし、この島を訪れている者の大半は観光客だ。余暇を楽しむのに夢中で、妖気の大小など気にも留めないだろう。

現に伊吹と鞍馬も、凛が姿を消す前までは妖気のバランスのおかしさなど気づかなかった。

「かなり大がかりな陰謀が秘められている気がするよね。となると、すごく妖力の強い妖狐が関わっているんじゃないかと思う」

「そうだな。昨日凛の捜索を依頼するために天狐城を訪れたんだ。島をあげて凛を捜すと言ってはくれたが……。そう言っておいて、彼らがなんらかの形で関わっているかもしれないというわけだ」

まだ幼い桂と、親身になって彼女を支えようとしている玉藻を疑いたくはなかったが、その可能性についてはすでに伊吹も考えていた。

「ってことは、姿をくらましている八尾さん自身か妹の桂ちゃんが怪しいかな？　あのふたりは妖狐の中でもっとも強い天狐の血筋だから、めっちゃ妖力高いよね。あと、桂ちゃんの脇にいた玉藻さんもかなり強そうだったなあ」

　クリームソーダをすすりながら鞍馬が言うと、椿が頷く。

「俺もあの三人のうちの誰かが関わっているんじゃないかなあって思ったよ。ひょっとしたらその全員かもね。ってわけで、実はさっきまで潤香に天狐城に潜入してもらってたんだ」

「本当か！」

　進展が見込めそうな椿の言葉に思わず伊吹が大きな声を上げると、潤香が頷く。

「はい。天狐城の使用人は妖狐しか雇われない決まりなのですが、化けて日雇いの雑用係として潜り込みました。一部の妖狐同様、濡れ女も訓練すれば変化《へんげ》の術が使えるので」

「へぇ！　すげーじゃん潤香ちゃん」

鞍馬が感嘆の声を上げる。

潤香は「いえ、そんな大したことでは」と真顔で謙遜した。

「うん。それで潜入で得た情報を潤香から詳しく聞こうと思ってた矢先、君たちに出会ったってわけ。で、潤香。なにかめぼしいネタはあったかな？」

主の問いかけに、潤香が口を開く。

「椿さまたちにとって有益な情報かどうかは、私には判断できかねますが……。天狐城の使用人たちの噂話や、さりげなく私がお尋ねした話など、見聞きしたことをすべてお話いたします」

淡々と語り出した潤香の話は、こんな内容だった。

八尾が行方不明となった後、とてもスムーズに桂が当主代理となり玉藻がその補佐役についた。

それまでも玉藻はそこそこ高い地位についていたが、桂の摂政を行えるほどの重要な役職ではなかったらしい。

八尾ほどのあやかしが行方知れずになっているのがそもそもおかしいし、あまりにも迅速な当主交代も天狐城の使用人たちは皆不可解に感じているようだった。

「さまざまな憶測が飛び交っておりました。『天狐の座に就きたい桂さまが兄の八尾さまを亡き者にした』だとか、『妖狐たちを支配したいが天狐の血を引いておらず党首になれない玉藻が桂を意のままに操っている』だとか。……申し訳ありません。どれも噂レベルの話で、裏は取れませんでした」

椿に向かって、潤香は深々と頭を下げる。主のためにもっと明確な手がかりを持ち帰りたかったのだろう。

しかし椿は「潤香、顔を上げて」と声をかけ優しく微笑んだ。

「いや、十分だよ。よくやってくれた」

潤香の硬い表情がほんの少しだけ緩んだ。普段はあまり感情を表に出さない彼女だけに、内心はとても嬉しく感じているのだろう。

――なんていうか……。潤香に対しては真っ当に優しいのだな。

いつも気味の悪い行動ばかり目につくため、伊吹は椿の意外な一面を見たように感じた。

しかし本当に椿の言う通り、潤香は十分すぎる妖狐たちの内情を持ち帰ってくれた。

「うむ。火のないところに煙は立たないからな。実際に天狐城で過ごしている使用人の妖狐たちがそう感じているのだから、噂の中にある程度の真実が含まれている可能性が高いだろう」

「そうだね〜。でももうちょっとちゃんと調べないとだね」

鞍馬の言い分はもっともだ。まだ細い糸がつながりかけただけで、凛や八尾の行方に関する手がかりは見つかっていない。

「じゃあ早速探りを入れに行くとするか〜、天狐城にね」

「そうだな」

椿に同調しながら伊吹は椅子から立ち上がる。

こうして椿と潤香と共に、伊吹と鞍馬は今一度天狐城へ赴く運びとなった。

「まあ！　今日もいらしてくれたのねっ。椿も一緒なんてー！　イケメンばっかり三人も会いに来てくれるなんて夢みたーい！」

天狐城の玉座の間に入るなり、桂がパタパタと走り寄ってきた。伊吹や鞍馬、椿に向かって大きな瞳をらんらんと輝かせている。

『三人も会いに来てくれるなんて』と桂は言ったが、実際の人数は潤香もいるので四人である。しかし美男子にしか興味ないらしい桂は、潤香の存在など目に入っていないようだ。

潤香自身はそんな桂の言動など気にも留めていない様子で、いつも通り人形のような無表情を貫き通している。

「ははは……」

奥ゆかしい人間女子がタイプの鞍馬は、グイグイ来る桂に引き気味だった。しかし。

「それにしても、あなたすごく綺麗な金髪よね～」

桂は鞍馬の前にやってくるなり、つぶらな瞳でじっと見つめてきた。

「え。な、なに……？」

戸惑う鞍馬だったが、桂は彼の片腕を両手で抱えて寄り添ってくると。

「うん！　顔もかっこかわいいし、やっぱり私あなたが一番好み！　天狗だから空も飛べるんでしょ⁉　翼の生えたあなたもイケてるんだろうな～。ねえ、お名前なんて言うんだっけ？」

満面の笑みを浮かべて鞍馬をべた褒めしてきた。

「えっ、俺が……？」

鞍馬は虚を衝かれたような面持ちになった後、ぶつぶつとこんなことを呟き出す。

「俺が一番好み……？　かっこかわいい、イケてる……？　超絶美形の伊吹や椿を差し置いて、俺がモテている……？」

容姿の整っている鞍馬は決して目立たないわけではない。

だが、自分とふたりでいるとどうしても女性たちは自分の方に注目しがちだな……と伊吹は思い出した。

だから桂に『一番好み』と告げられて、衝撃と喜びで混乱している様子だった。もちろん子供の桂を恋愛対象に見ているわけではないだろうが、自分が一位に選ばれたのが単純に嬉しいようだ。

いや、こんな話をしている場合ではない。鞍馬をキラキラした双眸で眺めている桂と、放心状態の鞍馬の傍らで伊吹が呆れていると。

「桂さま！　お戯れがすぎますぞっ」

妖狐の党首として、さすがに目に余る行為だったのだろう。玉藻が桂の方に詰め寄って注意した。

「……ちっ。うっさいのが来た」

不満そうに顔をしかめて舌打ちし、鞍馬から離れる桂。

本当に異性に関してはませた少女である。立場を踏まえた行動ができない点は、まだまだ子供だが。

「せっかく御来訪いただいたのに、大変失礼いたしました」

桂が玉座の間の奥に戻り、脇息に身を預けると玉藻が深々と鞍馬に頭を下げる。

「え!?　あ、別にいーんです！　全然大丈夫です。き、気にしないでください！　あははははっ」

鞍馬はハッとしたような面持ちになると、慌てた様子で取り繕う。桂に褒められて浮かれていたが、やっと我に返ったようだった。

「凛だけではなく、八尾も行方不明になっているということがどうも気にかかってな。

八尾と俺は幼い時からの仲だからな」

「それはそれは。ありがとうございます、伊吹さま。奥様も見つかっていない大変な状況にもかかわらず、八尾さまを気遣っていただけるとは。伊吹さまのようなご友人を持ち、八尾さまは幸せですね。ああ、いったいどこへ……！」

とても沈痛そうに玉藻が言う。

昨日から感じていたのだが、彼はどこか言動が大げさだ。

主を心から心配しているのならば健気ではある。しかしどうもなにか別の思惑を隠すための過剰演技に見えてきてしまう。

天狐城に潜入した潤香が持ち帰ってきた使用人たちの噂話を知った後では特にそう思える。

「俺たちも妻を捜索しがてら八尾の行方も追いたくてな。それで、妹の桂から最近の八尾の様子を伺いたいのだ。プライベートな話をしようと思うので、他の者は席を外してくれないか」

玉藻と桂がどういう関係なのかはまだわからない。お互いに手を組んでいるのか、どちらかが片方を操っているのかも。

それを判断するために、まずは幼い桂の方から個別に探りを入れたかった。

「あなたたちみたいなイケメンとなら、いくらでもお話しちゃうわ！　なんでも聞いてちょうだい。てわけで玉藻、お茶とお菓子を茶室に準備しなさい！　今すぐに！」

伊吹の提案に、うきうきした様子で乗っかる桂だったが。

「桂さま！　伊吹さまはあなたと楽しく戯れようとおっしゃっているのではないのですぞ！　それに、あなたの立場上、伊吹さまのご要望にお応えできないとおわかりでしょう!?」

今まで以上にきつく桂を咎《とが》めた後、玉藻は眉尻を大げさに下げて伊吹に向かってこう告げた。

「申し訳ありません、伊吹さま。八尾さまを案じてくださるあなたのお心遣いを受け入れたいところなのですが……。桂さまはまだ子供。伊吹さまが満足するような濃密な話ができるほど成熟しておりませんので、余計な時間になってしまうかと」

「そうか？　素直な子供の目線からの話でいいのだが」

伊吹が食い下がると、玉藻の頬がほんの一瞬引きつった。しかし、すぐに真面目な摂政らしい神妙な面持ちに戻る。

「そうはおっしゃいますが……。代理とはいえ桂さまは今や大事な妖狐の当主なのです。決してあなたを信頼していないわけではございませんが、護衛がない状態で桂さまとあなたをふたりきりにさせることはできませぬ。桂さまはまだ幼く、自分自身で身を守るのが難しいですから」

「なによ〜！　さっきから黙って聞いてれば私を子供扱いして！　私、結構強いから大丈夫よっ」

「あなたごときが鬼の若殿に敵うとでもお思いですか!?　伊吹さまは『最強』の称号をお持ちなのですよ！」

ぶーたれる桂だったが、玉藻の返答にはさすがに反論できないらしく、苦虫を嚙《か》み潰したような顔で口を閉ざした。

一方で、自分の要求はやんわりと断られた伊吹だったが。

——やはり。なにか隠しているな。

玉藻の言い分は桂の安全を考えれば至極まっとうに思える。

しかし最初に、伊吹の願いを桂がまだ幼いからという理由で迷わずに断ったのは、不自然だった。

伊吹は鬼の若殿。『最強』の称号を持ち、次期あやかし界の頭領になるだろうと市井では噂されているほどのあやかしだ。

大半のあやかしは、伊吹の機嫌を損ねないようできる限り善処する。桂が子供だからと伊吹の意向をないがしろにするなんて、本来あり得ない。おそらく、伊吹の要望が予想外だったので玉藻の口からとっさに出てきた言い訳だろう。

その上で伊吹が食い下がったため、次に思いついたもっともらしい理由を述べてきたことは想像に難くない。

玉藻は伊吹と桂がじっくりと会話する機会をなんとしてでも設けたくないのだ。幼い彼女からボロが出ないように牽制する目的があるに違いない。

内心そんなことを思いつつも、伊吹は控えめな笑みを浮かべて玉藻にこう告げた。

「なるほど。確かにそうだな。俺の考えが足りなかったようで、すまない」

「とんでもございません。こちらこそ、要望にお応えできず申し訳ありません」

そう答えた玉藻の表情は、どこか安堵《あんど》しているように見える。鬼の若殿を牽制でき、ホッとしているのだろう。

――だが。これで終わりじゃない。

伊吹はそれまで優美に微笑んで事態を静観していた椿に目配せをした。すると。

「はあ。もうめんどくさいんだよなあ、こういう腹の探り合いはさあ」

間延びした声で椿が言った。伊吹がいつも苛立ちを覚えさせられる、相手を小馬鹿にしたような口調だ。

「椿さま……？」

困惑した様子の玉藻に、椿はにやりと不敵な笑みを浮かべてこう続けた。

「まどろっこしいのは嫌だから聞いちゃうね。あのさー、天狐城内で流れている君たち自身の黒い噂を、まさか知らないわけはないよねえ？」

ぴくりと玉藻の眉がはねるように動く。今まで不機嫌そうな面持ちをしていた桂は、能面のような無表情になった。

「『当主になりたい桂が兄の八尾を行方知れずにした』だとか、『実権を握りたい玉藻が桂を意のままに操っている』だとかさ？　それについて君たちはどう思ってるの？てか、本当なの？　それならひょっとして凛ちゃんや八尾の行方不明も君たちの仕業だったりしてね？」

いつも椿にこんなふうに言葉を向けられる伊吹は、玉藻や桂が内心穏やかではないだろうと容易に想像できた。

——敵だと心底嫌な奴だが、味方だと頼もしい奴だよな。

妖力の強い牛鬼である椿は、椿コーポレーションという業種が多岐にわたる商社の経営者でもある。経済的な面で考えれば、あやかしたちに与える影響力はひょっとしたら伊吹よりも上かもしれない。

そんな相手が高圧的な物言いで核心に触れてきたのだ。並みのあやかしならば、恐れおののくだろう。

伊吹が下手《したて》に出てから椿が煽《あお》るという、心理的に揺さぶる作戦をふたりは考えていたのだった。

玉藻は顔を強張らせたまま押し黙っている。

しかし桂はふっと鼻で笑った後、口を開いた。

「あー、なんだその話？　別にどうとでも思ってくれて結構だけど？」

薄ら笑いを浮かべながら、まったく臆する様子もなく桂は話を続ける。

「兄さまは行方不明。そして今は私が当主代理。このまま兄さまが戻ってこなければ、もちろん私がじきに妖狐の党首である天狐になる。どこでなにを噂されようが、それは変わらない。だって天狐の血を引いているのは私だけだもの。九尾島の平民どもが私にひれ伏す日が来るのが待ち遠しくてたまらないわ」

兄のことも民すらもなんとも思っていない傲慢な見通し。それが幼くあどけない声で語られているのが、ますます不気味だった。

桂の変貌ぶりに思わず伊吹は呆気《あっけ》に取られた。傍らの椿も返す言葉が出てこないようだ。

「桂さま。おいたがすぎますぞ」

静かな声で玉藻が桂を制すると、彼女はハッとしたような顔をした後、そのかわいらしい唇をとがらせる。

「……ふん。あまりにも馬鹿らしい噂について煽ってくるもんだから、つい言い返しちゃったのよ。本当にくだらないったりゃありゃしない。あー、なんだか疲れちゃったわ。もう部屋で休む」

言い終わるなり、桂は伊吹たちの方を一度も見ずに玉座の間を出ていってしまった。

「見ての通り桂さまはまだ幼く、感情の変化が激しいのですよ。あまり挑発するような振る舞いをされては困ります」

椿にそう告げた玉藻は一見いつもの生真面目そうな面持ちだったが、瞳はメラメラと燃えていた。明らかに椿に対して憤りを覚えている。

すると椿は普段の調子を取り戻したのか、飄々《ひょうひょう》とした笑みを浮かべた。

「おっと、ごめんね～。じゃあ桂ちゃんじゃなくて君に聞いてもいい？」

「……なんでしょうか」

「君が桂ちゃんを意のままに操ってるわけ？　天狐の血がない君が実権を握るために、彼女の摂政をしているの？」

性懲りもなくあけすけに尋ねる椿だったが、今度は玉藻も眉ひとつ動かさない。

「私は桂さまの補佐に過ぎません」

「えー、本当かなあ？　ところでなんで君が補佐になったの？　別にそれまで桂ちゃんと特別仲がよかったわけでもないんだろ？」

「あなたに話す理由はありません。今日はもうお引き取りを」

淡々と答えると、玉藻は伊吹たちに背を向けて玉座の間から退室した。

結局、今回の訪問でなにか確証が得られたことはなかった。

だが、もし凛や八尾の行方不明に彼らが関わっているとして、素直に話すわけはないのだからそれも伊吹たちの予測済みだ。

桂と玉藻の言動が見られただけでも収穫はあった。あのふたりには、明らかに闇がある。そう確信して、伊吹たちは天狐城を出た。

＊

地下には地上の明かりが入る箇所がなく、現在が昼なのか夜なのか凛には判断できなかった。

しかし精神的にも肉体的にも満身創痍《まんしんそうい》だったためか、壁に背をもたれて座っていたら、いつの間にか眠ってしまっていた。起きたらオサキに「お姉ちゃん、何時間も寝ていたよ」と告げられた。

おそらく、地下に連れてこられてすでに丸一日以上は経過しているだろう。

その間に配られた食糧は、それぞれに乾いた油揚げが三枚だけ。どう考えても、あやかしひとりの一日の食事としては足りない。これではみんなやせ細っていくわけだ。

「俺たちは妖力を吸うだけ吸われたら、後は用なしだから殺されちまうんだ……」

そんなふうに嘆いている野狐たちが何人もいた。確かにこのままではみんなそのうち死んでしまうだろう。

すでに凛も空腹を覚えていた。しかし悲しいことにこういった状況には耐性があった。

二日食事を抜かれた後、家族に大掃除を任されて倒れそうになった時の方が断然つらかった覚えがある。

ひもじい思いをするのに慣れている凛はまだ活力を失っていなかったため、どうにかここからみんなで逃げないか、起床後は必死で模索していた。

自分の偽物の魅了から逃れた妖狐から話を聞いたり、どこかに逃げ道がないか地下を歩き回ったり。しかしまったく打開策は見つからなかった。

オサキとイヅナ以外の妖狐は、魅了されていない者でも鬼の若殿の花嫁に怯えきっている。

また、数えきれないほどの妖狐がひしめいているこの空間は広大で、寝床や水場や便所などの小部屋もあった。

しかしどうやら、地上へと通じている道は狭い一本のみのようだった。オサキの話によると、いつもその道から鬼の若殿の花嫁を騙る女が現れるらしい。

そしてそこには二十四時間、野狐よりも圧倒的に妖力が高い気狐が見張りとして常駐している。

凛と出会った時、オサキは狐本来の小さな姿となり、見張り交代のタイミングで隙を見て逃げ出したそうだが、結局連れ戻されてしまった。

また、オサキの件があってから今まで見張りがふたりだったのが四人に増えたのだという。

よって、地上へ通じる道からの脱出は困難を極めている。まさに八方ふさがりの状況だった。

――だけどここに来て私はまだ一日。ひょっとしたらまだ私が見落としていることがあるかもしれない。

諦めない凛が地下をうろついていたら、イヅナがたびたび話しかけてきた。

「凛。なにか新たな発見はあったのか」

相変わらずつっけんどんな物言いだが、高圧的な印象はなかった。

オサキも『にーちゃんはひねくれているから』と言っていたし、普段からこういった振る舞いなのだろう。

「残念ながらなにも……。本当に地上へと通じている道は、見張りが常駐しているあそこしかないの？」

「ない。俺だってすでに散々捜している。穴を掘って脱出できないかとも考えたが、土が硬いし妖力を吸われた状況では到底無理だった」

こんなふうに凛が地下についての質問をすると、毎回イヅナは今までの経緯を含めて詳細に答えてくれる。

また「皮膚病は移っていないのか？」とも、すでに数回尋ねてきていた。そして凛が「うん、大丈夫みたい」と答えると、わずかながら表情を緩ませるのだ。

——やっぱりイヅナさんは私を気にかけてくれているみたい。

まだ出会って半日程度だが、イヅナの不器用な優しさを凛はひしひしと感じていた。

——まだ希望を失うのは早いよね。

心を失っていない妖狐の兄弟の存在を励みに思いながら、凛は昨日保湿クリームを塗った衰弱した妖狐の様子を見に行った。

いまだに狐本来の姿のままの彼は、背中を丸めてうずくまっていた。しかし凛の気配を感じるなり、顔を上げる。

「あなたは昨日の。ありがとう、塗ってくれた薬のおかげで痛みとかゆみが少し和らいだよ」

まだ声は弱々しいが、昨日はほぼ呻き声しか上げられなかった彼が会話できるようになるまで回復していた。

「よかった！　まだクリームはあるから、今日も塗っておきますね」

昨日と同じように、保湿クリームを皮膚炎の箇所に塗り始める凛。手触りが明らかに昨日よりもよくなっており、炎症も治まっている。

「すごい効き目だな、それ」

背後から感心したような声が聞こえてきた。いつの間にか、イヅナが凛と弱った妖狐の様子を眺めていたのだ。

「そうね。薬師であるアマビエのあやかしからもらったクリームだから、薬用成分が効いているのだと思う」

答えながらも、甘緒の技術は本当にすごい……と凛も感動を覚えていた。

保湿クリームですらこの効果なのだから、皮膚炎用の薬を彼女に作らせたら一発で治ってしまうのではないだろうか。

「なるほど、薬師のアマビエか。そりゃ効果も高いだろうな」

「うん。……だけど、十分な栄養も取らないと」

配給される乏しい食糧だけでは、病に打ち勝つまで体力を回復させるのはかなり難しい。

昨日と同じように、衰弱した妖狐は凛にクリームを塗られながら眠ってしまった。

「ここに閉じ込められている限りは無理な話だ」

イヅナがため息交じりに答える。

今まで会話を重ねて思ったが、イヅナはどうやら積極的に逃げようとはしていないようだ。しかし、いつかこの状況を打破できたらと考えている節がある。

　この場所に関する凛の質問に面倒がらずに答えてくれるし、『なにか新しいことがわかったら教えろ』とも言っていた。

　もう完全に脱出を諦めているのなら、そんな言動はしないだろう。

「やっぱりここから出るしかないよね。みんなが助かるためには」

「それはそうだが、ほとんどの者が鬼の若殿の花嫁に立ち向かう気もないんじゃ難しいな……。元気なのはオサキくらいだからな」

　ほとんどの者が凛の偽物に誘惑され、脱出をしようとすら考えていない。しかしざっと数えても数百人もの野狐がいるのだ。彼らすべてが誘惑を振りきれば、状況は一変するはず。

「うーん……。なんとかみんなを誘惑から目覚めさせる方法はないのかな？」

「無理だ。あの花嫁はかなりの妖力の持ち主だからな。あいつの妖力は、ひとりで俺たち野狐の百人分くらいの総量はある」

　凛の問いに、イヅナがすかさず答える。きっと彼も皆から誘惑を断ちきらせる方法を今まで模索してきたのだろう。

　想像以上の偽物の強さに凛は驚きを禁じ得なかった。

「そ、そんなに強いの!?」

「ああ。鬼の若殿が伴侶として選んだだけあるな。しかし性格は最悪だから外見の美しさと妖力だけで選んだんだろうな。それとも、女を見る目がないのか」

皮肉交じりにイヅナが言い、凛は複雑な気持ちになった。

──確かに妖力だけを考えたら、私よりもよっぽど伊吹さんの妻としてふさわしいのかもしれない。

しかしそんな自虐的な思考に陥ってはいけない、とすぐに考え直す。

──伊吹さんは私を愛してくれている。人間で妖力がゼロの私を。

伊吹に大切にされながらあやかし界で数カ月余りを過ごして、やっと自分を誇れるようになってきたのだ。『私が鬼の若殿の伴侶だ』と自信を持たなければ。

「凛、どうした？」

胸の内でそんなことを考えて無言になっていたら、イヅナが不思議そうな顔をして尋ねてきた。

凛はハッとして、苦笑いを浮かべる。

「な、なんでもない。ところで、あなたのように誘惑が効かないあやかしがたまにいるのはなぜなんだろう？」

その理由がわかれば、他の妖狐たちを誘惑から目覚めさせるきっかけになるかもしれない。

「それは俺にもよくわからん。あの女の匂いを嗅いでも俺は不快になるだけなんだ。なぜみんながあんな女に魅了されるのか、不思議でしょうがない」

イヅナの回答から考えると、どうやら体質や性格的なものなのだろう。オサキも『誘惑って素直な人ほどかかりやすいらしくて、にーちゃんはひねくれているから無事だったみたいだよ』と話していたし。

そういえば、絡新婦《じょろうぐも》で誘惑の術が使える『邁進《まいしん》』の糸乃《いとの》が以前にこんなふうに言っていたのを凛は思い出した。

『伊吹はあたしの誘惑の術がまったく効かないんだよねえ。その他にも精神力が強いあやかしには効かなかったことがあるよ』

凛の偽物と糸乃の誘惑の術の仕組みが同じとは限らないが、もし似通っているとしたらイヅナも相当強靭な精神を持っているのだろう。

でも、なんだかわかる気がする。皆が絶望している状況でも、イヅナと弟のオサキは自分を失っていない。

彼らに出会ってよかったと、凛は心から思う。

「誘惑はもはや病気みたいなものだ。なにか治療方法のようなものがあればいいんだがな」

「治療方法かあ……」

イヅナの言葉に、ここに甘緒さんがいればなとか、糸乃ちゃんが誘惑の術についてなにか他に話していなかったっけ?とか、凛が考え始めると。

「凛。あんた、本当に変な女だな」

そのイヅナの声がひときわ真剣そうに聞こえたので、反射的に思考を中断した。

「え……。そんなに変かな? イヅナさん、昨日もそう言っていたけど……」

もしやなんとなく人間だと察しているからそんな言葉が出てきたんじゃ……と凛は不安を覚えた。しかしイヅナが続けた言葉は、意外な内容だった。

「変だ。あんたは野狐じゃないのにもかかわらず、いきなりこんなところに連れてこられたっていうのに。怒りも怯えもしないで、ただひたすら俺たちを助ける方法を考えているんだから」

「え……」

「ここに来た奴なんて、皆一日も経たずに誘惑されるか絶望に打ちひしがれるかだ。なんであんたは、この状況で諦めないんだ?」

凛をまっすぐに見つめてイヅナが問う。予想外のことを告げられ、凛は困惑した。

「諦める……?」

確かに、こんなところに閉じ込められたら、野狐の皆が諦めてしまうのも仕方ないという気持ちにはなっていた。

しかし、凛自身が諦めることはこれまでに一度すらなかった。

だって、この地下から逃げさえすればなんとかなると思えたから。地上に出て伊吹に会えさえすれば、この地獄から解放されると。

ふと、伊吹と出会う前に人間界で生活していた時の自分を凛は想起する。

自分が夜血の花嫁だと発覚する前、家族に虐げられる日々を送っていた。

その頃はどこにも逃げ場などなかった。買い物帰りに疲弊して倒れた時も、すぐに連れ戻されて再び体力が尽きるまで働かされた。

一度だけ決起して家出を試みたが、ひとり夜道を歩いていたら警察に保護される始末。すぐに心配を装った両親が交番まで迎えに来て、帰宅したら罵詈雑言《ばりぞうごん》を浴びせられて叩《たた》かれた。

あの時、凛は悟ったのだ。自分にはどこにも逃げ場などないのだと。

絶望はあの時だけで十分。もう、絶望しない。なぜなら自分には、心から愛してくれる伊吹がいるのだから。

あの頃は愛どころか凛を気にかけてくれる者すらいなかったが、今は凛を第一に考えてくれる存在がいる。その事実を噛みしめるだけで、なんだって頑張れる。

どんな苦境にも絶望にも立ち向かう勇気が湧き起こってくる。

――きっと私は、絶望に対する耐性が強いんだわ。

そう考えると、なんだか自分を誇れる気がした。妖力はまったくない脆弱《ぜいじゃく》な人間でも、心では負けないという強い気持ちが持てた。

「……凛。そういえば、自分を鬼の若殿の花嫁だって言っていたな」

先ほどのイヅナの問いに凛が答えられないでいると、彼は話題を変えてきた。凛にとっては、あまり触れてほしくない話だったが。

「う、うん。みんなには『お前みたいなちんちくりんがそんなわけないだろ』って笑われちゃったけど。あはは」

冗談にしたくて、乾いた笑い声を上げる。どうせ野狐たちには信じてもらえないだろうから、あの発言はもはや忘れてほしかった。

「まあ……。そうだろうな」

「そうだよね。私だって、みんなの立場だったらそう思うよ」

やはりどう考えても、妖力も強く外見も派手な偽物の方が鬼の若殿の花嫁らしい。凛自身、自分が伊吹の伴侶だなんていまだに夢なんじゃないかって考えてしまう瞬間すらある。

「すまんが俺だってそう思ったし、今でもそう思ってる」

「うん……。もうこの件については忘れてほしいな～」

軽い口調で言葉を返す凛だったが、イヅナは今までよりもさらに神妙な面持ちで凛を見据えてきた。そしておもむろに口を開く。

「だけど、あまりにあんたが他のあやかしと違うから。あまりにあんたが諦めないから。あんたと過ごしているうちに、俺はもしかしたらって……」

「え？　どういう意味？」

　途中で言葉を止めたイヅナが言わんとしていることがわからず凛が聞き返した、まさにその時だった。

「野狐のみんなー！　今日も妖力を頂戴するわね～」

　甘ったるい間延びした声が場に響いた。昨日と同様、凛の偽物が手下を引き連れて現れたのだ。

「鬼の若殿の花嫁さま……」

「仰せのままに……」

　鼻を刺すような色香が地下内に充満し、誘惑された野狐たちがその場にひれ伏していった。

　イヅナは眉間に皺を寄せて顔をしかめている。近くで昼寝をしていたオサキは目覚め、鼻をつまんでいた。

　昨日も感じたが、大勢の野狐たちが自分の偽物に思いのままに操られている光景はまさに地獄のようだった。さすがの凛も精神にくるものがある。

――ううん、諦めてはダメ。早くなんとかしなきゃ。

そんなふうに凛が自分自身を必死で奮い立たせていると。

「鬼の若殿の花嫁、さま……」

凛が手当てをしていた皮膚炎を発症した妖狐が、よろよろとした足取りで偽物に近づいていく。

歩けるようになったんだ！と凛は一瞬喜んだが、あんな危険な相手に近づいて大丈夫だろうかとすぐに不安に駆られる。

甘緒の保湿クリームのおかげで少しは炎症が治まったものの、被毛が抜け落ちてかさぶたまみれの皮膚はまだ痛々しい。彼は凛の偽物の足元まで歩むと、彼女に向かってすがるように手を伸ばした。

「う、麗しき鬼の若殿の花嫁さま……。食糧が足りず、このままでは餓死してしまいます。ど、どうかご慈悲を……」

彼は弱々しく言葉を紡いだ。

口調からすると、どうやら彼も偽物の誘惑の術にはかかっているようだ。しかし、瀕死《ひんし》の状態ではやはり生存本能が強く働くのだろう。少しだけ動けるようになった体で助けを求めずにはいられなかったのだ。

すると、それまで妖艶に微笑んでいた偽の花嫁の表情は一変した。眉を吊り上げ、憤怒を瞬時に露わにする。

「なんて醜い！　汚い姿でわらわに近寄るでないっ」

偽の花嫁は、皮膚炎の妖狐の腹を勢いよく蹴り飛ばした。彼は吹っ飛ばされ、そのまま壁に激突し床に転がってしまう。

「狐さん！」

思わず凛は皮膚炎の妖狐へ駆け寄った。凛についてきたイヅナが、倒れ伏した妖狐の体を迷わず優しく触る。

皮膚病が移るかもしれないから近寄らない方がいいと凛に忠告していたのは、やはり凛の身を案じて進言してくれたのだろう。イヅナも仲間の妖狐を助けたかったが、これまでどうする術《すべ》もなかったのだ。

「気を失っているだけだ。大きな怪我はない」

「よかった」

皮膚炎の妖狐の脈を測り終えたイヅナの言葉に、凛は深く安堵した。

「あら、息絶えなかったの？　醜い病になっているくせに意外と丈夫なのねぇ」

凛の偽物がクスクスと笑いながら、下種な言葉を浴びせてきた。あまりの言いぶりに憤りを覚えた凛は、思わず彼女に詰め寄ってしまう。

「なにをするの！　病気でこんなに弱っている相手にひどすぎる！」

「おい、凛！　やめろっ」

背後からイヅナが凛を制止させようとする言葉が聞こえてきた。

鬼の若殿の花嫁に迂闊《うかつ》に逆らってはならない。なにをされるかわからないから、理不尽な仕打ちがあっても耐えなければならないのだ。

凛も頭ではそれはわかっている。しかしどうしても感情が抑制できず、イヅナに構わず続ける。

「それに食糧が本当に足りないの！　このままではみんな死んでしまう。なんでこんなひどいことばかりするの!?」

息を荒げて主張するも、偽物は目を細めて凛を小馬鹿にしたように見つめ返した。

「なによこの身の程知らずは。あら、あんた野狐ではないわね。ん、鬼……？　そのわりには妖力が低いわね」

偽の花嫁はくんくんと鼻をひくつかせて匂いを嗅ぎ、凛を鬼だと確認しているようだった。

人間だとバレないか凛はひやりとしたが、口づけによって移された伊吹の匂いの効力はまだ残っているはずだ。

「本当になんて小さな妖力！　鬼かどうか疑ってしまったわ。あんたみたいな出来損ない、同じ鬼として許せないわねぇ」

どうやら鬼だと思い込んではくれたようだが、相変わらず蔑むような視線を凛に送りながら偽物はケラケラと笑う。

「妖力が低いからって、こんなところに閉じ込められるいわれはありません。私も、妖狐の皆さんたちも！」

「ふん、生意気な女ね。わらわの夫である鬼の若殿の伊吹も、あんたみたいなのを同じ鬼として認めないでしょうね！」

伊吹の名前が出てきた上、優しく心の広い彼を全否定するような偽物の言葉に、凛の感情が爆発した。

「伊吹さんは……伊吹さんはそんな鬼じゃない！　でたらめ言わないで！　この……偽物！」

誰ひとりとして、凛が本物の伊吹の伴侶だとは信じてくれていない。そんな状況で、この女が偽りの花嫁だと主張しても意味がないと凛も頭ではわかっている。

しかし言わずにはいられなかった。

今の偽物の発言は、凛にとっては伊吹を貶《おとし》める言葉でしかなかったのだ。決して許すことはできない。

「……おのれ。おのれおのれおのれ！　無礼者！　この小娘がっ」

不意に図星をつかれたためか偽の花嫁は目を剥いて憤りを露わにすると、鋭くとがった爪で凛の二の腕を引っかいた。

「うっ……！」

鋭い痛みが腕に走った。

着物の袖が裂け、露わになった肌から血が流れ出る。数滴ほど地面に滴り落ちた。

「この狼藉者《ろうぜきもの》は独房に閉じ込めておけ！　抵抗するなら殺しても構わぬっ」

偽の花嫁は血走った目を凛に向け、傍らに控えていた手下にそう怒鳴りつけた。

命じられた者は、怪我した箇所を押さえる凛を羽交い絞めにして引きずっていく。

そんな凛を、イヅナは申し訳なさそうに無言で見つめていた。彼の背中に隠れ、オサキも怯えた瞳を凛に向けている。

──あなたたちが気に病む必要はないわ。この偽物に逆らえるはずなんてないもの。

彼らを安心させるかのように、連行されながらも凛は微笑んでみせる。

イヅナやオサキ以外の者たちも、凛を憐《あわ》れむように眺めていた。

＊

天狐城を後にし、伊吹たちが九尾島の繁華街に戻るとすっかり日が暮れていた。

一同で夕食を取る運びとなり、飲食店を数軒回ったがどこも満席だった。

結局、テラス席がひとつだけ空いていた店を見つけ、そこで伊吹たちは食事をすることになった。

「桂ちゃんの言動を考えると、当主の座が欲しくてお兄ちゃんの八尾さんをどこかに追いやったって考えるのが自然だよねえ」

九尾島名物、油揚げのステーキを味わいながら鞍馬が神妙な面持ちで口を開く。

「うーむ。そうだとしたら、あまりにも俺たちに本心をぶっちゃけすぎではないか？なにか不自然な気がするのだが」

大きな声では人に言えない行いをしているのだから、もうちょっと隠そうとするのが普通なのではないか。

「まあそこは子供だしあんまり頭もよくなさそうだしさ。そんなに気にしなくていいんじゃないの」

「そうかな……。しかし、桂は覚えていないようだが実は俺はもっと彼女が小さな頃に会っているのだ。その頃は、八尾を慕う素直な子だったんだがな」

「成長と共に八尾さんが疎ましくなったんじゃないの？　八尾さんさえいなければ、自分が一番偉いわけだしさあ。俺を一番かっこいいって言ってくれたのは、いいところなんだけどなあ～」

自分に対する桂の称賛を思い出したのか、鞍馬はにやけた。そんなことはどうでもいい伊吹はスルーする。

確かに桂があくどい行いをしていると考えるのが自然ではある。ただ、ほくそ笑んで内なる野望を包み隠さない様子と、以前に出会った時のかわいらしい八尾の妹であった桂があまりにもかけ離れていて、どうしても伊吹の心に引っかかった。

「まあとにかく。八尾の行方不明に桂ちゃんと玉藻がなにか関わっている感じはあるよね。そうなると、たぶん凛ちゃんの件も。どうにかしてそれを暴きたいんだけどなあ」

優雅な動作でワイングラスを持ちながら、椿が言う。その傍らでは、背筋を伸ばして潤香が座っていた。

必要最低限の話以外はしない彼女は、天狐城でも城を出た後も口を開かず、終始無表情だった。しかし。

「……！」

急に潤香が驚いたような顔をした後、テーブルの下を覗き込んだ。

「潤香。どうしたんだい？」

「いえ。なにか足元に柔らかい物が当たりまして」

椿の問いにそう答えた潤香。なんだろうと伊吹も鞍馬と共にテーブルの下を見た。

すると、そこには……。

「妖狐の子供？」

本来の狐の姿をした小さな妖狐が歩き回っていた。妖狐は鞍馬に近寄り、鼻をひくひくさせるとこう呟いた。

「くんくん。うん、やっぱりあなたね。あなたから桂ちゃんの匂いがする」

「えっ!?」

不意に桂の名前が飛び出してきたためか、鞍馬は驚きの声を漏らした。

「君は桂と知り合いなのかい？」

小さな妖狐と視線を合わせるように伊吹はその場で屈んで尋ねる。

「うん、桂ちゃんと私は友達なの。ごめんなさい、このままだと話しづらいからちょっと姿を変えるね」

答えるなり、妖狐はその場で体を一回転させた。その拍子に、動物の姿から狐耳と尻尾を生やした獣人の姿に戻る。

桂と同じくらいの年齢だと思われる、かわいらしい妖狐の少女だった。

「獣の姿になった方が匂いを嗅ぎやすくて。桂ちゃんの匂いを感じた気がしたから確認しに来たんだけど、やっぱりそうだったわ。ねえ、あなたたち桂ちゃんに会ったの？　最近遊びに来てくれなくて……」

切なそうに瞳をにじませながら少女が言う。

しかし彼女の言葉を伊吹は不思議に感じた。

「君は桂と仲がいいのだな。見たところ、桂とは違って平民の狐のようだが」

「うん、そうだよ。私は気狐だから、野狐のひとつ上の位だよ。でも身分制度がなくなった今の時代ではそんなの関係ないはずだけど……」

「えー、でも桂ちゃんってめっちゃ偉そうな子だよね？　さっき俺たちに『九尾島の平民どもが私にひれ伏す日が来るのが待ち遠しくてたまらないわ』なんて話してたよ？　そんな子が君と遊ぶなんてちょっと信じられないんだけど」

鞍馬と同じように伊吹も感じていた。

しかし少女は首をぶんぶんと横に振って勢いよくこう主張する。

「桂ちゃんがそんなふうに言うわけないよ！　桂ちゃんは確かに天狐の血筋だけど、そんなの関係ない感じでいつも一緒に遊んでたもん。城の中は窮屈だから普通のお家に生まれたかったなあってぼやいてたし」

「え、マジ？　あんなに気が強くて偉そうな子が……？」

「偉そう？　まあ確かに桂ちゃんは気が強いけど全然偉そうじゃないよ。最近会いに来てくれないから心配してたの。ねえ、桂ちゃん元気だった？」

少女はまっすぐな曇りなき眼《まなこ》を鞍馬に向けている。純粋に友人である桂の身を案じているのがはっきりとわかる。

——最近会いに来てくれない、か。

おそらく妖狐の当主代理になってから、城を抜け出して友人と遊んでいる暇などなくなってしまったのだろう。

そしてこの妖狐の少女はおそらく真実を語っている。そうなると、やはり伊吹が抱いていた違和感は当たっていたのだ。

きっと本当の桂は幼い頃と変わらず、兄を慕う素直な少女であるはず。また、兄と同じで妖狐の身分制度など忌まわしき悪習だという思想の持ち主なのだ。

ではなぜ、兄も民のことも省みない発言をするような、傍若無人な振る舞いをしているのだろう。

何者かに操られているのか。それともなにか理由があって、わざとあのような言動をしているのか。

ひょっとしたら桂は、鞍馬に自分の匂いをつけるためにわざとすり寄ってきたのかもしれない。

匂いに気づいたこの子供と伊吹たちを引き合わせるために。

しかしそう考えると、もっとも怪しい存在となったのは……。

玉藻だ。もちろんまだ確証はないが、その可能性を伊吹は強く感じた。

「桂は……忙しそうではあったが元気にやっていたよ」

「本当⁉　よかったー！」

安堵したようで、妖狐の少女は微笑んだ。

「ああ、あまり心配するな。ところで君に尋ねたいのだが、最近なにかおかしいことはないか？　桂の件でも、他の件でもなんでもいい」

九尾島は明らかに妖力のバランスがおかしい。実はそのことについて大人の妖狐たちに尋ねてみたのだが、『さあ。そうなんですか？』と多くはなにも気づいていないようだった。

しかし時々、『じ、自分はなにも知りません！』と怯えたような面持ちをして伊吹たちから逃げていった者もいた。なんらかの事情を知っているが、なにか話せない理由があるようだ。

だが、長いものに巻かれない子狐なら詳細を話してくれるかもしれない。

そう期待した伊吹に、子狐は今まで以上に深刻そうな顔を向ける。

「桂ちゃんも心配だけど……。もっと心配なのは、一カ月くらい前から友達が何人もいなくなってしまったことだよ。その子の家族たちも。必死で捜したんだけど、全然見つからないの」

「なんだって⁉」

予想以上に物騒な出来事に、伊吹は掠れた声を漏らした。

一カ月前と言えば、ちょうど八尾と連絡不通になった頃だ。つまり桂が当主代理になったのも、それぐらいの時期だろう。

「でも残った大人たちはその頃からみんなおかしいの。いなくなった仲間なんて忘れちゃったみたいで、私がその話をすると『いったい誰のこと？』って。なにか術にでもかけられているのかなあ？」

「そうかもしれないな。誘惑、傀儡《かいらい》といった妖術だろうか」

記憶や行動を操る代表的な術と言えば、その二種類だった。

個体差はあるが、純粋無垢《むく》な子供はそういった精神を操る術が効きづらいため、眼前の子狐は正気を保っていられたのだろう。大人の妖狐の中でなにかを恐れているような素振りを見せた者も、精神力が強く術を回避できたのだと考えられる。

――だが、島全体の妖狐たちの精神を操れるなんてどれだけ妖力が強いのだ？

例え伊吹や椿ほどの妖力を持っていたとしても難しいだろう。

「しかし、そんな恐ろしい事態に陥っていたとは。よく俺たちに話してくれたな、ありがとう」

「あなたたちはみんな、他の大人と違って頭がおかしくなっていないみたいだったから」

「ああ、俺たちは大丈夫だ。君は急に仲間がいなくなって、寂しかったし怖かっただろう」

子狐の頭を軽く撫でながら、伊吹は柔らかい声で告げる。

すると彼女の大きな瞳が潤んだ。

「うぅっ。桂ちゃんも、他のみんなも。助けて、ください……」

「大丈夫だ、俺たちがなんとかする」

伊吹が断言すると、子狐は涙を浮かべながらも嬉しそうに微笑んだ。

――こんな幼い体で、本当につらい思いをしていたのだろう。俺の予想が当たっているとすれば、きっと桂も苦しんでいるはず。

いたいけな妖狐に精神的な苦痛を与えているこの騒動の黒幕に、伊吹は静かに憤りを覚える。

一方、子狐の話を聞いた鞍馬も驚愕したようで目を見開いている。

「まさかそんなことがあったなんて！　ねえ、他になにか手がかりはある？　例えば行方不明になった子たちの共通点とかさ」

「うーん共通点かあ……。あっ！　そういえば、行方不明になった子たちはみんな野狐の血筋だよ」

鞍馬の問いに子狐が答えると、今度は椿が口を開いた。

「野狐か。廃止された妖狐の身分制度の中で、もっとも低かった位だね」

「うん。でも今はそんなの関係ないはずだよね。天狐以外みんな平等だよってなったはずだし、天狐の血筋の桂ちゃんだって野狐の子ともいつも仲良く遊んでたもん」

「まあ、そういうことになってるみたいだね。だけど今回の件を考えると、それは表向きだったのかもしれないな」

椿が意味深に言う。彼の傍らに佇む潤香は、相変わらず眉ひとつ動かさない。

あやかしと人間も、百年ほど前より対等とされている。しかし中高年のあやかしを中心に、いまだに人間を下等な生物だと信じてやまない者が多い。

あやかしから迫害を受けていた人間も、いまだにあやかしたちに畏怖の念を抱いている者が多数だ。

「え、どういう意味？」

きょとんとして子狐が尋ねる。純粋無垢な子供は、心の底から野狐もそれ以外の妖狐も等しい存在だと信じてやまないのだ。

「妖狐の中にはね、古い身分制度にすがっている者がきっといるんだよ。そういう奴ってさ、身分の低い野狐たちが自分たちと同じように扱われている状況に屈辱を感じるんだ」

「……？　よくわからないなあ。だって同じ妖狐だよ？」

椿の説明に首を傾げる子狐。

「いいんだ、君はわからないままで」

伊吹が優しく諭すと、まだ腑《ふ》に落ちない様子だったが気狐の子は頷く。

すると鞍馬が眉間に皺を寄せながら伊吹にこう尋ねた。

「つまり桂ちゃんも凛ちゃんも、なんらかの形でその身分制度のいざこざに巻き込まれたってことかな？」

「そう考えるのが妥当だろうな。しかしそうなると、桂の仕業ではないようだ」

本来ならば、桂は平民の子狐と仲良くするような少女なのだ。

それを踏まえると、ますます彼女がなんらかの事情があって傲慢なふりをしている可能性が高まった。

「そうだよねえ。だけど、大勢の野狐たちを一気にどこへ追いやったんだろう」

九尾島は、市街地や住宅街の他は小さな山林くらいしかない。数百はくだらないはずの野狐たちを観光客の目につかないように監禁できる場所なんてあるだろうか。

「ひょっとしたらすでに島外に出されている可能性もあるが……。そうだ、妖狐はとても鼻が利くだろう。いなくなった君の友達の匂いをどこかで感じた覚えはないか？」

イヌ科である狐を祖とする妖狐は、人間の千倍から一億倍、他種のあやかしの百倍から千倍は嗅覚が鋭いとされている。

伊吹に問われた子狐は、あまり自信がなさそうな面持ちをしながらも頷く。

「実はたまに、友達の匂いがほんのりとする気がするの。でも島のどこを探しても見当たらなくって……。私が入れないのは天狐城くらいだけど、あそこはそんなに大きくないから野狐のみんながいるとは思えないし」

「てことはまだ野狐のみんなは島の中にいるっぽいってわけか。でもそんなに大勢の狐を閉じ込めておける場所なんてある？　うーん……」

唸《うな》る鞍馬の傍らで、伊吹は頭の中で情報を素早く整理する。

突然、人の往来の多い繁華街で姿を消した凛。どこかに連行されたとなると、人目につくはず。

そして、子狐が捜しても一向に見つからない大勢の野狐たちと、時々香ってくる彼らの匂い。

「それならば、残るはあそこしかあるまい」

「そうだねえ」

結論に達した伊吹が口を開くと、椿も同じ考えに至ったらしく不敵に笑って続けた。

「えっ、どこ？」

まだ理解していない鞍馬がふたりに向かって眉をひそめて尋ねると。

「『地下だ』」

伊吹と椿は、声を揃えて答えたのだった。

第四章　『奔放』の八尾

子狐の少女から事情を聞いた後、彼女と別れた伊吹たちは早速地下へと潜入することにした。

そこまで広くない九尾島であっても、地中すべてに空間を広げて野狐たちを閉じ込めているわけではないだろう。

野狐、そして凛が監禁されているかもしれない場所は限られた地下の空間であるはず。

子狐の少女が、『そういえば市街地を抜けた森の中で、友達の匂いを強く感じた覚えがある』と話していたため、一同は森の中へ入った。

「あ！　あそこ！　なんか強い妖気を感じる！」

鞍馬が指差した場所は、木々の生い茂るなんの変哲もない場所だった。

しかし彼の言葉通り、どこからともなく妖気がだだ漏れになっている。そう、おそらく地下から。

「確かに。明らかになにかあるな」

「じゃあ、あそこで穴を開けるとしようか～。そういうわけで、伊吹よろしく」

椿がにんまりと笑う。やはりいちいち癪《しゃく》に障る男だが、今は協力関係なのだからなにも言うまい。

能力を踏まえると、穴開けに適しているのが伊吹なのは間違いない。それに、椿と潤香がいなければ正直ここまでたどり着けなかった。もちろん純粋に感謝の念だってある。

「……わかった。みんな、少し下がっていてくれ」

そう告げたら、鞍馬、椿、潤香の三人は伊吹を囲むようにしてその場から離れた。

伊吹が右手に妖力を込めると、みるみるうちに赤黒い光を帯びる。

「はっ！」

かけ声を上げながら、伊吹は地面に向かって炎の気をまとった拳を叩きつけた。

地面には、半径二メートルほどの穴がぽっかりと開いていた。穴を一瞥《いちべつ》した椿が満足げに笑って称賛する。鞍馬も口笛を吹いて感嘆の念を表していたが、やはり潤香は人形のように無表情のままだった。

「お見事」

「よし、じゃあ早速入るとしようか。俺が先に行く」

一刻も早く凛に会いたい伊吹は、他の者の回答を待たずに穴に入った。異論は出なかったのでそれでよしとする。

十分な大きさの穴を開けたので、中に飛び降りるような形になった。十数メートルほど落下すると、伊吹の足が底に着いた。

造作もなく着地をしたが、穴の中は闇に包まれている。しばらくの間、なにも見えなかった。

しかし穴から差し込むわずかな月光のおかげで、瞳が暗さに次第に適応していく。

そして目の慣れた伊吹が見たのは。

「八尾……!?」

暗い穴の中でもわずかに輝きを見せる長く美しい銀の髪。髪と同色の長いまつ毛に縁どられた切れ長の瞳と、神秘的かつ男らしい端正な顔立ちは見紛えるはずもない。

それは妖狐の長であり、天狐として名高い八尾だった。

しかし彼は、なんと鎖で磔《はりつけ》のような形で手足をつながれていた。どうやら気を失っているようで、頭が下がっている。

また、伊吹が会う時の八尾はいつも天狐らしく真っ白な羽織袴を身にまとっていた。その姿が印象的だったのに、現在はまるで奴隷が着させられるような麻素材のボロ布を着用している。

一見して、八尾が理不尽に捕らえられ虐げられていたらしいとわかる。

「この鎖……。妖力封じの鎖か」

八尾がつながれている鎖を手に取って伊吹が呟く。

伊吹に勝るとも劣らない妖力を持つ八尾がなぜこんな簡素な鎖ごときで拘束されているのか疑問に感じていたが、これならば納得がいく。

この鎖で体を巻かれてしまうと、いっさいの妖術が使えなくなってしまうのだ。

「しかし、いったいなぜこんなことに？」

そもそも八尾を捕らえること自体、よっぽどの手練れではないと難しいはず。もしくは、八尾が信頼して油断している相手か。

そんなふうに伊吹が考えていると。

「う……」

八尾が小さく呻きながら体を震わせた。どうやら伊吹の気配に気づいて目を覚ましたらしい。

「八尾！　大丈夫か!?」

「うう……。い、伊吹じゃねえか！　か、桂は!?　桂は無事なのか!?」

伊吹の問いかけに、自分のことはさておき妹について尋ねる八尾。

自分の身がボロボロになりながらも我先に妹を心配する八尾。やはり兄妹仲が悪いはずがなかったのだ。

「ああ、彼女は無事だよ。さっき会ったばっかりだ」

「そうかよ。あー、よかった……」

心から安堵したようで、八尾は力なく微笑む。監禁されている間、ずっと妹の身を案じていたのだろう。

そして伊吹は、なぜこのような事態になっているのかを八尾に尋ねた。

すると彼は、驚くべき事実を語り出したのだ。

＊

自分の偽物の逆鱗《げきりん》に触れて、凛が独房に押し込められてからもう半日くらいは経過しただろうか。

凛の腹の虫が鳴る。そもそも、最後の食事も小さな油揚げをかじっただけだ。喉の渇きもひどい。

――でも野狐のみんなは、ずっとこの状況で耐えているんだわ。私がへこたれている場合じゃない。早くみんなとここから脱出しないと。

まだ時間に余裕はあるが、伊吹からの口づけによって凛の体に付着した鬼の匂いもそのうち消失する。

嗅覚の鋭い妖狐たちには凛が人間だと一瞬で気取られてしまう。

――人間だとバレたら、イヅナさんたちはどう思うだろう。

肉食獣の狐が起源の妖狐は、人の肉を好む種とされている。皆飢餓状態のこの状況では、妖狐たちに食糧とみなされてしまうかもしれない。

イヅナとオサキは人間の凛でも優しく扱ってくれそうだが、他の妖狐たちはそうもいかないだろう。

そんな結末になったら、お互いに悲しすぎる。なにがなんでも、鬼の匂いが消えるまでになんとかしなくてはならない。

しかし閉じ込められた独房の前には、偽の花嫁の手下である見張りの妖狐が終始立っていた。

あまり真面目に職務をこなす気はないようで時々あくびをしていたが、それでも非力な凛ではあやかしを倒すなんて到底できないし、そもそも鉄格子には南京錠が取り付けられている。

――どうしよう。とりあえずこの部屋から出ないといけないのに。

なす術《すべ》のない凛が、独房の中で膝を抱えて俯いていると。

「なあ。あんたずっと見張ってるだろ。俺が交代してやるよ」

不意に聞き覚えのある声が聞こえてきた。

顔を上げると、見張りとイヅナが話している。

驚きと、久しぶりに彼の顔を見られた嬉しさが込み上げてきて、彼の名を呼ぼうと凛は口を開いた。

しかしイヅナが鼻に人差し指を立て、静かにするようにと凛に向かってポーズをしてきたので、声を発する前に慌てて口を閉じる。

「交代？　しかし俺は鬼の若殿の花嫁さまに命じられたのだ。野狐ごときに気狐の俺の任務を任せられるか」

見張りの妖狐はふんぞり返ってイヅナの提案を拒絶する。しかしイヅナは彼らしくない愛想笑いを浮かべた。

「だからだよ。鬼の若殿の花嫁さまに仕えるあんたを俺たちは敬わなくてはならないからな。お疲れのようだったから、俺が代わっている間に休んでくれよ」

「なるほど。いい心がけだ」

イヅナの言葉に気をよくしたようで、見張りの妖狐はにんまりとした笑みを浮かべるとその場から立ち去った。

「……ちっ。くそが」

見張りの姿が完全に見えなくなってから、イヅナは打って変わって苦虫を噛み潰したような顔をして吐き捨てた。そして、凛の方を向く。すでにいつもの不愛想な面持ちをしていた。

「遅くなってすまなかった、凛。見張りの奴が交代する隙にでも来ようと思ったんだが、なかなかタイミングがなくてな。だいぶ時間も経っていたから、もう強硬手段に出た。うまくいってホッとしているよ」

「イヅナさん……！　ありがとう」

心細くなっていたところでのイヅナの登場には、本当に救われる想いだった。涙ぐみながら凛は礼を言う。

「ひとりで心細かっただろう。大丈夫だったか？」

「うん、確かに寂しかったしお腹もすいたけど私はまだ大丈夫だよ。こんなところに長く閉じ込められているみんなのつらさが余計にわかった気がする。早くみんなでここから出たいね」

イヅナに微笑みかけると、彼は凛をまっすぐに見つめて真剣な眼差しをぶつけてきた。

「……やっぱり凛って変だよな」

「え……」

イヅナに『変だ』と告げられたのは、これで三回目だ。

一度目はさも不思議そうに。二度目は真剣な面持ちで。しかし三回目の今はどこか親しみの感じられる視線を凛に向けている。

「俺は誘惑もされていないし、心のどこかではいつか脱出できればとは思っている。他の生気を失った野狐たちよりは、ほんの少しタフだとは自覚している。だけどあんたは、そんな俺よりもずっと強い」

「そ、そうかな？　そんなふうに言われたのは初めて……」

本当は鬼の匂いが付着しただけの人間だから、周囲には妖力がほぼゼロの鬼としかみなされていない。鬼のくせに弱い奴だとけなされてばかりだ。

「強いよ、凜は。諦めの悪いあんたを見てると、俺も自然と奮い立たせられてしまうくらいには」

「そうなの？」

「……なあ、凜。もしここからみんなで脱出ができて、野狐も今まで通り平和に過ごせるようになったら、このまま俺と九尾島で暮らさないか」

「え⁉」

イヅナの突拍子もない申し出に、凜は驚きの声を漏らした。しかし彼の表情は真剣そのもので、凜を正面から見据えながら続けた。

「オサキも凜には懐いているし、俺も凜に惹《ひ》かれている。女にこんな気持ちを抱くのは初めてだ」

淀みなくはっきりと告げられた。一瞬、イヅナの言葉の意味が理解できず、凜は呆気に取られてしまう。

「すごく、はっきり言うのね……」

「回りくどいのは嫌いなんだよ」

想いを告げているとは到底思えないような、大層不機嫌な声だった。

その振る舞いにイヅナらしさを深く感じられて、凛は顔が綻ぶ。

「イヅナさんがそう言ってくれるのはとても嬉しいし光栄よ。でもごめんなさい。それはできないの」

凛は神妙な面持ちになって、そう断言した。

イヅナはまっすぐに気持ちをぶつけてきてくれた。だから凛も正直にならなければ、彼に対して失礼に当たるだろう。

するとイヅナは、なぜか安堵したような面持ちになった。

「そう言われるだろうなとは予測していた。だけど諦めの悪い俺はちょっとばかり期待してしまっていた。はっきりと断ってくれたから、吹っ切れそうだよ」

「え、わかってたの？　それなのに、なぜ……？」

フラれるとほぼ確信していた状況らしいのに、なぜ告白してきたのか。凛には理解できなかった。

「だから、回りくどいのは嫌いだって言っただろ。ずっと凛への想いを秘めたまま『あの時ああしていれば』と考えながらこの先過ごすのが面倒だったんだよ。それなら、そんな幻想は今のうちに打ち壊してくれた方がいい。感謝するよ、凛」

「イヅナさん……」

相変わらずぶっきらぼうな口ぶりのイヅナ。

彼が凛の偽物に誘惑されなかった理由がますますわかった気がする。

裏表がなく、無骨ながらも内なる優しさを秘めたイヅナを、凛は今まで以上に好ましく感じた。

ここに閉じ込められた時はどうなってしまうのかと不安しかなかったが、イヅナに出会うきっかけだったと考えれば悪いことばかりではない。

「ねぇ。どうして私に断られるって思っていたの？」

イヅナがそう考えたきっかけが気になった凛は尋ねる。

「だって凛は、本物なんだろう？」

「本物って？」

「自分で話していたじゃないか。私が本物の、鬼の若殿の花嫁だって。初めは俺も半信半疑だったが、今では信じられる」

またもやイヅナに驚かされ、凛は息を呑《の》む。すぐに二の句が継げず、しばらくの間、場は静寂に支配された。

しかしその間も、イヅナは真剣な面持ちで凛を見つめていた。

「……どうしてわかったの？」

どうせ妖狐たちは信じてくれなさそうだし混乱させてしまうから、もう下手な言葉は発さないようにしようと心に決めていた。しかし凛の正体をなぜか確信しているらしいイヅナに、今さらごまかす必要はない。

するとイヅナは、口角をわずかに上げてこう呟いた。

「凛を見ていればわかるさ」

「え……」

イヅナの答えがいまいち腑に落ちない凛だったが。

「お姉ちゃーん！　大丈夫だった⁉　兄ちゃん、ひとりでお姉ちゃんに会いに行くなんてずるいよ！」

「おい、油揚げ持ってきたぞ！　食べないか？」

「怪我はしていないかい？　今出してやるからな！」

オサキを先頭にし、なんと大人の野狐ふたりも独房の前にやってきたのだった。

「オサキくん！　そしてあなたたちはどうして……？」

オサキ以外の妖狐ふたりは、確か偽の花嫁に魅了されて正気を失っていた者だった覚えがあった。

しかし虚ろだった彼らの瞳には、今は意思が宿っているように見える。

「ああ。なんだかよくわからないんだけどさ。あんたあの女に怪我させられて、血を何滴か流しただろ？　なぜかその血の匂いを嗅いだら急に頭の中がすっきりしてな！」

「それまでなんで、あんな化粧臭い女の言いなりになっていたのか……。訳わかんねえくらいだよ」

彼らは元気そうな表情で凛にそう告げる。もともと陽気な性分の妖狐たちの、本来の姿のようだった。

──私の血の匂いを嗅いで……？　あ！　ひょっとしたら夜血の効果!?

凛の体に宿る夜血には、口にした鬼の力を増強させる他に、あやかしの傷を癒したり、呪いを解いたりする効果がある。

もしかすると、凛の偽物による誘惑の術は呪いに近い仕組みだったのかもしれない。

それならば、夜血の香りを嗅いだ野狐たちが我に返ったのも納得がいく。

「今まですまなかったな、お嬢ちゃん」

「あんたは病気になった俺たちの仲間を気にかけてくれてたってのに……」

心底申し訳なさそうな面持ちの野狐たち。あの皮膚病になった妖狐に手当てをしてあげた件だろうか。

しかし、彼らに謝罪されるようなことをされた覚えのない凛は、小さく微笑んで首を横に振る。

「いえ、あなたたちは心を操られていたから仕方ないわ。でも、正気に戻ったみたいでよかったです」

「それもお嬢ちゃんの血のおかげだよ。それにしても、なんで匂いを嗅いだだけで目が覚めたんだろ。あんた、鬼のようだが特殊な血でも持っているのかい？」

ひとりの妖狐の指摘に凛は内心ぎくりとする。

「そ、そんなところです」

人間だとバレたわけではないだろう。凛は作り笑いを浮かべてごまかした。

「まあ、その辺の話は後だ。まずはお嬢ちゃんをこの牢屋《ろうや》から出してやるよ」

そう言った妖狐の手には鍵が握られている。すぐに彼は、凛を閉じ込めている独房の南京錠にその鍵を差し込んだ。

「その鍵はいったいどこから……？」

確かイヅナが追いやった見張りの者が持っていたはずだ。

すると鍵を開けながら、野狐はにやりとする。

「見張りの野郎を後ろからぶん殴って奪ったのさ」

「え⁉」

「あいつ、一発で伸びちまったよなあ。気狐っていっても不意打ちを食らわせれば大したことないな！」

驚く凛だったが、野狐ふたりは顔を見合わせて豪快に笑い、言葉を続ける。

「んで、こんな地下からはもう逃げてやろうぜ」

「ああ。俺たちの他にも、お嬢ちゃんの血の匂いのおかげでまともになった奴が何人かいる。みんなで協力すればきっと出られるさ」

「やったー！　俺も頑張るよ！」

野狐ふたりの提言を受け、オサキが喜びの声を上げる。傍らのイヅナもどこか勇ましい表情をしていた。

「きっと、みんなで力を合わせれば逃げられるはずよ！」

前向きな野狐たちの言動に、凛も活力が湧いてきた。

そして野狐に開錠してもらい、無事に独房から脱出することのできた凛にイヅナがこう告げる。

「まずは、誘惑から目覚めた他の奴らと作戦会議と行くか」

「うん！」

喜び勇んで頷く凛だったが。

「……その女は閉じ込めておけと命じたはずよねえ？　どうしてわらわの命令を聞けない愚か者がいるのかしら？」

地下の空間に間延びした女性の声が響いてきて、凛は戦慄する。

いつものように甘く魅惑的な声音だった。しかしどす黒い怒りが節々から感じられ、凛は身震いしてしまう。

「お、鬼の若殿の花嫁……！」

オサキが声を震わせる。共に行動していた野狐ふたりも恐怖におののいたような面持ちとなり、イヅナは唇を噛んでいた。

凛たちが希望を抱いたその矢先に、偽の花嫁が地下に現れたのだ。

彼女は凛に刺すような尖鋭《せんえい》な視線をぶつけながらも、紅の塗られた唇の端を上げ、にたりと不気味に微笑んでいた。

＊

地表から穴を開け、地下へと潜り込んだ伊吹たち一同。

「八尾さんをここに閉じ込めたのは桂ちゃんではないんだよね？」

妖力封じの鎖につながれた八尾に向かって、伊吹の後を追って穴に入ってきた鞍馬が尋ねると、彼は深く頷いた。

「当たり前じゃねーか。俺と桂は仲良し兄妹だからな。桂が俺にそんな仕打ちをするわけねーだろ」

頬はこけ、衰弱している様子ではあるが、そのべらんめえ口調はいつもの八尾だった。思ったよりも元気そうで伊吹は内心安堵する。

「うむ、俺もそうではないかとは思っていた。しかし、桂の様子がおかしかったのはなぜなんだろう」

「様子が？　どんなふうにおかしかったんだよ、伊吹」

「八尾について尋ねたら、あんな人知らないと、まったく心配している様子がなかった。それに、九尾島の妖狐たちを見下すような発言をしていたな」

「おい、マジか？　桂がそんなことを⁉」

伊吹の説明に八尾は虚を衝かれたような面持ちになる。しかし「あー、そうか。そういうわけか、桂」と独り言ちると、こう言った。

「桂は頭のいい子だ。兄のひいき目かもしれないが、おそらく俺以上に。だからたぶん、そういうふりをしているに違いねえ」

「そういうふり？」

椿が問いかけると、八尾は頷く。

「そうだ。俺をここに捕らえた者が桂を脅している。俺の命が惜しければ、言いなりになって天狐になれってな。んで、賢い桂は考えたんだ。そいつを油断させ、俺を救う方法を。その結果、嬉々《きき》としてそいつに賛同しているふうを装っているのさ。『自分は兄を殺してでも天狐の座につきたい』という、あくどい奴のふりをしているってわけだ」

「……なんと」

八尾の言葉が、伊吹は瞬時には信じられなかった。

確かに伊吹が目にした桂の言動は、いかにも年端のいかないわがままで分別のない少女でしかなかった。

もちろん伊吹だって桂の振る舞いにはほとんど最初から違和感を覚えていたし、本当は平民の子と仲良くするような少女だと知ってからは、なんらかの目的で演技しているのだろうと考えてはいた。

だが、まさかその目的が黒幕を油断させるための計算だったとは。あんな子供がそんなところにまで思考を巡らせているとは、にわかには信じられない。

桂の思慮深さに舌を巻く思いだった。

だが確かに、そう考えればすべてに説明がつく。頭が悪そうに、美男子に目がない素振りを見せた意味も。

桂は『よかったらお茶でもしない？』と何度も伊吹たちを誘ってきた。あれはきっと別室に伊吹たちを連れていき、真実を打ち明ける機会を設けようとしていたのだろう。

「じゃあさ。やっぱり八尾さんをここに捕らえて、桂ちゃんをそんな目に遭わせているのは――」

「玉藻ってことかな?」

鞍馬の言葉に椿がそう続けると、八尾は眉間に皺を寄せて頷いた。

「そうだ。玉藻はこれまでたくさんいる俺の配下のひとりに過ぎなかった。だがあいつは、天狐の次に身分が高いとされる空狐でな。身分制度の廃止を不満に思うような言動がたまにあったから、俺はそれが気に入らなくてあいつをあまり重要なポストにつけなかったんだよ。俺の側近になってもおかしくないくらいの妖力の高さではあったんだが。……まあ、俺があいつを取り立てなかったせいで謀反を起こされたんだろうけどよ」

八尾は自嘲気味に笑う。

しかし八尾が行った玉藻への処遇が間違っていたとは伊吹は感じない。もし玉藻に権力を与えていたら、今以上の窮地に八尾は陥っていたに違いない。

「つまり、本来は空狐でありながら、野狐や気狐と同等の位になってしまった玉藻はそれが耐えられなかったというわけか。幼い桂を党首にして、自分が実権を握る機会を虎視眈々《こしたんたん》とうかがっていたと」

「その通りだ、伊吹。桂が十歳となり、天狐としての資格を得たタイミングで俺をここに閉じ込めたんだ。もともと俺は玉藻をそんなに好きじゃなかったけど、ここまでの悪だくみをしているなんてまさか思ってなかったからな。桂の誕生日パーティーで飲みすぎた俺は、あっさり捕らえられちまったってわけさ」

「なるほどな……」

そう呟きながら、これまでの玉藻の言動を思い出す伊吹。

八尾と桂を心から案じるような素振りを見せながらも、その振る舞いがどこか過剰で違和感を覚えていた。

すべてが演技だったため、不自然さが漏れていたのだろう。

「それで、野狐たちを見下している玉藻は地下に彼らを閉じ込めているってわけかい？　実は九尾島に観光に来た伊吹の奥さんも行方不明なんだよ。巻き込まれたって考えていいよね？」

「伊吹の妻が!?　あの野郎、妖狐以外のあやかしにも危害を……！　マジ許さねぇ」

椿の言葉を聞き、八尾は美しい銀の瞳に怒りをたたえると。

「すまないな伊吹。大事な嫁さんを巻き込んじまって」

今度は伊吹に向かって、大層申し訳なさそうに告げる。

「一刻も早く妻を助けたいのだが。地下に囚われているのだな？」

「そうだろうな。おおよそ、たまたま地下への入り口を見つけちまって証拠隠滅のために……ってとこだろう。玉藻は昔のように、野狐の奴らを奴隷だと思っているみてぇでよ。彼らの妖気を吸い上げ、地上の気狐以上の妖狐たちが贅沢するために使ったり、自分の妖力を高めたりしている。あいつは男女問わず誘惑できる術を持っているから、吸い上げた妖力で九尾島の妖狐たち皆を意のままに操っていやがる」

なるほど。そのせいで、島にいる妖狐の数に対してやたらと強い妖気を感じていたというわけか。

伊吹が納得していると、八尾はハッとしたような顔をしてから大層狼狽した様子で続ける。

「まずい。伊吹の妻なら、鬼の若殿の花嫁ってことだよな」

「……？　それはもちろん、そうだが」

八尾がなにを焦っているのかわからず、伊吹は首を傾げる。

「ここに閉じ込められている間、耳を澄ませて地下でなにが行われているかをうかがっていたんだ。俺たちは鼻だけじゃなく耳もいいからな。どうやら玉藻は、鬼のあやかしに変化《へんげ》してお前の花嫁のふりをしていやがるみたいだぜ」

「なんだと⁉」

まるで想像していなかった話に、伊吹は面食らう。

「ああ。中には誘惑が効かねえ図太い奴もいるからな。そういう奴を恐怖で従えるために化けたんだろう。伊吹は有名人で多くのあやかしに知られているから、化けるにはリスクがある。だが結婚相手はまだ公表してなかっただろ？　だからお前じゃなくって妻のふりをすることにしたんだろうな。んで、もしお前の妻の正体が玉藻にバレちまったら……」

「相当やばいね。殺されちゃうかも」

物騒な椿の言葉に、八尾は深刻そうな表情で頷いた。

「ああ。身分制度の不満から過激な行動をしちまってる奴だが、まさか殺しにまでは手を染めねえだろうって高を括っていたけどよ。自分が化けてた女の本物が出たとなれば、玉藻が凶行に及ぶ可能性は高まる」

「た、大変じゃん！　伊吹！　俺たちは八尾さんを助けるから、早く凛ちゃんをっ。俺たちも後で追いかけるから！」

狼狽した様子で鞍馬が提案すると、頷きながらも伊吹は駆け出していた。

「三人とも、八尾を頼む！」

鞍馬たちにそう告げ、返事も待たずに伊吹は地下の奥深くへと向かう。

――凛。今すぐ迎えに行くからな……！

最愛の妻の無事を、心の底から祈りながら。

＊

――いったいどうしたらいいの。

眼前に現れた自身の偽物は、イヅナの話だと相当妖力の高いあやかしらしい。多くの妖狐たちを魅了し意のままに操っていたのだ。ひょっとしたら称号持ちクラスかもしれない。

そんなあやかしに、ただの人間である凛が挑む術《すべ》などあるはずもない。凛は立ちすくむことしかできなかった。

凛たちの周囲には、他の野狐たちもわらわらと近寄ってきていた。偽の花嫁に心を奪われている彼らは相変わらず虚ろな瞳をしている。

忠誠を誓っている鬼の若殿の花嫁にひれ伏しに来たのか、それとも彼女の機嫌を損ねた愚か者たちをあざ笑いに来たのか。

偽の花嫁は凛と行動を共にしていた野狐ふたりに視線を合わせると、不愉快そうに眉をひそめた。

「……あら。あんたたちふたりは確かわらわの僕《しもべ》だったはずよね。どうして反抗的な顔をしているのかしら」

どうやら、お前たちは魅了して言いなりにさせたはずなのになぜその術が解けているのか、と申しているようだ。

すると、鼻を刺すような不快な香りがむわっと漂ってきて、凛は思わず顔をしかめた。

誘惑が効かないイヅナは偽の花嫁から顔を背け、オサキはこれ見よがしに鼻をつまんでいる。しかし、正気に戻ったばかりの野狐ふたりは。

「う……あ……」

「花嫁、さ、ま……」

などと覚束ない声を上げながら、どんどん瞳から色彩をなくしていく。

――まずい。このままではまたふたりが誘惑されてしまうわ！

うろたえる凛だったが、彼らが自分の夜血の匂いを嗅いだ後に目を覚ましたことをすぐに思い出した。

――そうだ！　私がまた、ここで夜血を流せば。

凛は辺りを見渡した。ちょうどすぐそばに先のとがった石が落ちていたので、素早く拾う。そしていっさい躊躇《ちゅうちょ》せずに自分の腕をその石で傷つけた。

血がにじみ出てきて、ぽたりぽたりと地面に滴り落ちる。

「り、凛！　なにを……！」

突然自傷し始めた凛に驚愕した様子のイヅナ。傍らのオサキも目を瞬かせている。

しかし凛が自身の行動を説明する間もなく、自我を失くしかけていた野狐ふたりの瞳がどんどん色づいていく。

「……あれ。俺、また頭が変になっていたか？」

「俺も。でもこの匂い……。そうか、凛ちゃんの血の匂いだ」

やはり夜血には、偽物の誘惑を無効にする効果があるようだ。

すると、近くに集まっていた野狐たちからも「あれ、俺こんなところでなにをしてるんだっけ？」「なんで今まで、こんな場所でおとなしく言いなりになっていたんだろ」「なんだか悪い夢を見ていたような気がするなあ」という言葉が次々に聞こえてきた。

ふたりを誘惑から守るために慌てて夜血を流したが、効果の範囲は思ったより広く、他の野狐たちも正気に戻る者が現れたらしい。

「い、いったいどういうことだ……!? おい貴様！　野狐どもになにをしやがった！」

わらわへの反逆は許さぬぞ！」

かわいらしい言葉遣いは見る影もなく、偽の花嫁は目を剥いて凛に詰め寄り荒々しい口調で怒鳴りつけるが。

「や、やめろ……。この女性を、傷つけるのは許さない……」

なんと凛と偽物の間に、一匹の野狐がよろよろと入り込んだ。弱々しい動作と声ながらも、まるで偽物の暴虐から凛を守るかのように。

狐本来の姿になっている彼は、体のところどころの被毛が抜け落ち、皮膚は炎症を起こしていた。

　凛が何度か手当てをした野狐だった。出会った当初よりは、幾分か皮膚病がよくなっているように見える。

　この狐も凛の偽物に誘惑されていたが、今の言動から考えるに、夜血の香りによって正気を取り戻したのだろう。

「彼女は病気で醜くなった俺を見ても、嫌な顔をせず手当てをしてくれた……。きっとよくなるからって、薬を塗ってくれた。だけどあんたは、『なんて醜い！』って俺を蹴飛ばしたよな？　なんで俺はあんたなんかの言いなりになんてなっていたんだろう。今見ると、ただのけばい女じゃねえか……！」

　野狐は、強い意志を込めた瞳で偽物を睨みつけた。

　すると怒りのあまり、偽物はわなわなと震え出す。

「野狐ごときが……わらわに対する侮蔑は万死に値する！　死ね！」

　先日と同じように、いやそれ以上に勢いをつけて、偽の花嫁は病気の野狐を蹴り飛ばそうとした。

　慌てて助けようとした凛だったが、凛が動く前にイヅナが素早い動作で病気の野狐を抱えて偽の花嫁から離れた。

「ふざけるのもいい加減にしやがれ。万死に値するのはてめえの方だろうが。俺たちを物みてえに扱いやがって」

イヅナは病気の野狐を抱きながら、偽の花嫁に殺気を帯びた視線を向ける。すると。

「そ、そうだそうだ！　今までいいようにこき使いやがって！」

「鬼の若殿の花嫁がなんだ！　そういえばそこの女の子がお前を偽物だって言っていたぞ！」

「鬼の若殿は優しく心の広いお方だった！　こんなひどい仕打ちは絶対しないはずだ！　やっぱりあんたは偽物に違いねえ！」

病気の野狐とイヅナの行動を見て奮い立ったのだろう。他の野狐たちからも、次々に偽物に対する反抗的な言葉が出てくる。

「みんな……！」

野狐たちの様子を見て、感極まり凛は涙ぐむ。

いきなりこんな場所に閉じ込められ、希望を失いはしなかったが、皆が誘惑されているか諦めている中、いったいどうすればここから逃げられるのだろうとまるで見当もつかなかった。

諦めの悪い自分ができた行動は、病気の野狐を手当てしたり、みんなを誘惑から目覚めさせる方法を考えたりといった、ほんの些細《ささい》なことばかり。

でもそれらは決して無駄ではなかったのだ。

そんなふうに感動を覚える凛だったが、偽の花嫁から禍々しい気配があふれ出したのを感じて戦慄した。

「おとなしく服従しているのなら、ここで死ぬまで優しく飼ってやろうと思っていたのに。やはり小汚い野狐どもは根絶やしにしなくてはならぬようだなあ？」

身も凍るような不気味な微笑みを偽の花嫁が浮かべると、彼女の周囲に薄紫の靄《もや》が立ち込めて姿が見えなくなる。

すぐにその靄は晴れたが、中から現れたのは鬼の若殿の花嫁を騙っていた女ではなかった。

なんと彼女の代わりに出現したのは、黒髪できりりとした顔をした知的な風貌の妖狐の男性だったのだ。

──ま、まさか私の偽物の正体は男性⁉　いったい誰なの？

「玉藻だ……！」

「玉藻が化けてやがったのか！」

驚く凛をよそに、野狐たちから口々とその名が呼ばれる。

どうやら、名の知れた妖狐らしい。

「玉藻は天狐である八尾さまに仕えている奴だ。旧身分制度でいえば、天狐の次に偉い空狐という位だったはず……。まさかこんな大物が化けてやがったとはな。どうりで妖力が強いと思ったぜ」

凛の傍らで、冷や汗をかいたイヅナが玉藻について説明する。先ほど助けた病気の妖狐はすでに安全な場所へ置いてきたようだ。

そういえば、妖狐は変化《へんげ》の術をもっとも得意とする種族だ。しかしまさか、真面目そうな男性が妖艶な女性に化けていたとは。

どこからどう見ても、偽の花嫁は美しい女性にしか見えなかった。今眼前の玉藻を眺めても信じられないほどだ。

玉藻は目を細めて凛を見据えている。その底知れない殺意が内包されている視線に凛は思わずたじろぎ、一歩後ずさった。

「鬼の女。貴様が現れてからだ。私の計画が狂い始めたのは。まずは貴様から血祭りにあげてやろう！」

猛《たけ》り狂った玉藻が、凛に向かって鋭い爪の生えた腕を振りかぶる。あまりに素早い動きに反応できず、凛は立ち尽くすことしかできない。

助けようとしてくれたのかイヅナが凛に走り寄ってくるのが視界の隅に見えたが、間に合いそうもない。

――やられる！

なす術《すべ》なく、凛は反射的に瞳を閉じた。

しかし、玉藻の攻撃を食らうはずだった凛の体には衝撃や痛みは来なかった。その代わりに、ふわりと柔らかく自分を抱きしめる感触が訪れる。

「え？」

不思議に思って瞼を開けた、凛が見たのは。

「凛……！」

切れ長の美しい瞳に宿る、優雅な眼差し。通った鼻筋に、薄く形のよい唇。どこをどう探しても、非の打ち所のない彫刻のような面立ち。

「伊吹、さん……？」

眼前に彼の顔があって、自分が抱きかかえられているのがにわかには信じられなかった。

しかし目をこすって見直しても自分の夫である伊吹の顔は目の前に存在しているし、いつものように彼に優しく抱擁される感覚は消えない。

「生きていてよかった……凛！」

再び凛の名を呼び、今まで以上にきつく抱きしめる伊吹。

胸に心地のいい苦しさを覚えた瞬間、これは夢ではなくて現実なのだとやっと実感した。

「伊吹さん……！」

嬉しさのあまり、涙を零しながら伊吹に抱きつき返す。

たった数日間彼から離れていただけなのに、どれだけ恋しかったか。どれだけ深い孤独を感じたか。

しかし、感動の再会に長く浸っている場合ではなかった。

凛を抱きかかえた伊吹は玉藻の攻撃を回避するために鬼の強い脚力で高く跳躍していたが、着地するなり凛を地に降ろす。

そう、まだ諸悪の根源である玉藻と対峙《たいじ》している最中だったのだ。

「救出に時間がかかってすまない、凛」

伊吹は玉藻を警戒しながらも、凛を彼からかばうように自分の背で守る。

「とんでもありません。伊吹さんなら私を助けに来てくれるって信じていました。それまで自分にできることをしようって」

「うむ。状況はよくわからぬが、妖狐たちのほとんどは凛の味方のようではないか。これは凛の頑張りの賜物なのだろう？」

「ああ、そうだよ。凛のおかげでみんな、そこの女装妖狐に立ち向かう勇気が湧いたんだ。……あんたは鬼の若殿である、伊吹だな」

伊吹の問いに答えたのは、イヅナだった。

どうやら伊吹の素性をわかっているらしい。もともと伊吹の顔を知っていたのか、彼の立ち振る舞いを見て悟ったのかは不明だが。

「いかにも俺は鬼の若殿だ。君はさっき、凛を玉藻の攻撃から守ろうとしてくれたな。夫として礼を述べよう」

「……ふん。鬼の若殿さまの前じゃ形なしだったけどな」

自嘲気味な口調のイヅナだったが、その表情はどこか晴れやかだ。

「てか、マジで凛って鬼の若殿の花嫁だったんだな。そうじゃないかとは思ってたけど、事実を突きつけられるとやっぱビビるぜ」

イヅナの言葉を聞き、今まで突然の伊吹の登場に呆気に取られていた周囲の妖狐たちがざわつき始めた。

「伊吹だ！　俺、一度見たことあるんだよっ。本物の鬼の若殿だ！」

「鬼の若殿!?　そしてあのお嬢ちゃんが嫁!?」

「そういえば、本物の花嫁だって言っていた気がする！」

そんな声が次々と聞こえてきた。

最強の鬼として名を馳せている伊吹に抱きかかえられているのだから、凛が彼の花嫁であるとはもはや自明の理である。

しかし、伊吹と対峙している玉藻は慌てた様子もなく、怒りをたたえた瞳を伊吹に向けている。

「……伊吹さまにこんなむさくるしいところ似合いません。それに、そんな地味で華のない女がまさかあなたの奥方とは。妖力もほとんどないではありませぬか。あなたは女性を見る目がまったくございませんね」

「あいにく俺は、妖力の強さやカビの生えた身分制度などでその者のよさを判断する性分ではなくてな。凛は浅はかなお前よりもずっと強い心を持っている。お前とは気が合わぬようだな」

伊吹はまったくたじろがずに、堂々と胸を張ってそう答えた。

「それはとても残念です。『最強』と謳《うた》われるあなたが、まさかそんなに愚かな考えをお持ちとは」

ため息交じりに悲しげに玉藻は語る。心の底から、自身の思想が正しいと信じて疑わない様子だ。

「さて。どうする？　まさかお前ごときが俺に敵うなどと思っているわけではあるまいな？」

超然と微笑んだ伊吹が玉藻に告げると、彼は迷う素振りもなく頷いた。

「『最強』の鬼の若殿に、私のようないち妖狐風情が太刀打ちできるわけはないでしょう。あなたとの力の差ぐらい、弁えておりますよ」

イヅナをはじめとした野狐たちは玉藻を『大物』だと恐れていた。しかし、そんな彼ですら素直に認めるほど、鬼の若殿の足下にも及ばないらしい。

だが、伊吹に敵わないと自認しているわりには随分余裕がある。動揺する様子はなく、悠然と佇んでいるのだ。

――きっとなにか企んでいるんだわ。

凛がそう思いついたその時。

「私ではあなたには勝てません。私では、ね。ですが」

にやりと邪悪な笑みを浮かべた玉藻は、「桂さま！」と雄叫びのような声でその名を呼んだ。

それは声帯を震わせて発せられた声ではないようだった。

脳に直接響くような、ずっしりとした重い音。まるで、ここにはいない遠くの者を呼び寄せているように凛は感じた。

――桂さまって、誰なんだろう。

玉藻が敬称をつけて呼ぶのだから、きっと空狐である彼よりも位の高い者に違いない。そうなると、天狐の血筋の者なのだろうか。

「桂を呼んでいるのか？　あんな小さな子を呼んで、いったいどうする気だ？」

伊吹は眉をひそめている。どうやら彼は、桂という名のあやかしを知っているらしい。そして伊吹の言葉から察するに、桂は子供のようだ。

──確かに。子供なんて呼んで玉藻はどうする気なのだろう。

幼子が最強の鬼である伊吹の切り札になるはずもないと凛も首を傾げるが。

「……まずい。桂さまが来てしまったら」

一方で、イヅナは青ざめていた。他の野狐たちも怯えたような表情をしている。

「イヅナさん。桂という方が来たら、どうなるの？」

「桂さまは天狐の血筋。現・天狐である八尾さまと同様、神隠しを起こす能力を持つと言われているんだ」

凛の問いに、顔を強張らせながらイヅナが答える。

「神隠し……？」

人間界の昔話や都市伝説でよく聞く言葉だ。

ある日忽然《こつぜん》と人が消えてしまうという不可思議な現象を指す……という簡単な知識くらいは凛の中にもあった。

「ああ。人間やあやかしをその場から消し去れる、まさに神のような能力だよ。玉藻の奴、鬼の若殿には敵わないってわかってるから桂さまの力でこの場から消しちまうつもりだ……！」

「そんな!?」

まさか文字通り、人間やあやかしを消滅させてしまうなんて。そんな道理を超えた力を持つあやかしが存在するとは、凛には信じがたかった。

しかしイヅナや妖狐たちの反応を見る限り、それは真実なのだろう。

——どうしよう！　伊吹さんが消されてしまうの!?

とてつもない不安に駆られた凛だったが、当の伊吹にはまったくもって動じた様子はなかった。

彼はただ唇を噛みしめ、強い怒気を帯びた視線を玉藻にぶつけていた。

＊

——私はいつまで頭の悪いふりをしなければならないのだろう。

天狐城の自室で、桂は寝台に寝そべり天井をぼんやりと眺めていた。

桂の部屋は、年頃の少女のプライベートスペースらしく薄ピンクの壁紙が張られていて、かわいらしい動物のぬいぐるみであふれていた。

しかし兄である八尾が城からいなくなってからというもの、お気に入りだったこの空間に身を置いても寒々しさしか感じられない。心に吹きすさぶ冷たい風は、一向にやむ気配はなかった。

兄——八尾は、玉藻の計略にはまり捕らえられてしまった。そして玉藻は八尾の命と引き換えに、自分の言う通りにしろと桂を脅迫してきたのだった。

脅された瞬間、自分がどう行動するのがもっとも玉藻を油断させられるのかと必死で知恵を振り絞った。

そして幼い彼女が思い当たったのが、思慮が浅いふりをして自分は玉藻と同じ思想の持ち主であると振る舞う方法だった。

幸い、玉藻とはそれまであまり接したことがなかった。

だから桂が『お兄ちゃんなんて嫌いだったし最近邪魔だったの。あなたが捕まえてくれてちょうどよかったくらい』とか『私も野狐は薄汚いと思っていたわ。あんな奴ら昔みたいに奴隷で十分よね』とか、薄ら笑いを浮かべて心にもない言葉を発しても、なんら疑う様子はなかった。

それでも玉藻が八尾を解放しないのは、単純に今はまだ妖力で彼に敵わないからだろう。

八尾は妖力封じの鎖につながれ、日に日に衰弱していっている。きっと、もっと弱らせたところで亡き者にするつもりなのだ。

もうあまり時間がなかった。しかし、玉藻が桂を〝頭の弱い馬鹿な子供〟と見下してくれているおかげで、自分の行動にはあまり警戒していない。だから、ちょっとした細工を施すことはできた。

少し前に、九尾島への旅行券が当たる福引きが島外で行われていると知った。その当たりくじにある仕掛けを施したのだ。

自分や野狐たちを救ってくれる者がいたとしたら、きっとただ妖力の強いあやかしではない。諦めが悪く、精神力が強く、誰よりも心優しき者に違いないだろう。

また、すでに傷つけられる痛みを知っていて、虐げられている野狐たちに親身になって寄り添えるような、深き思いやりを持つ者でなければならない。

だから桂は、そういった性格の者にしか見えない光を当たりくじに宿した。神隠しの力を応用すればそれくらいわけはない。

結局そのくじを、自分たちを救ってくれるような慈悲深いあやかしが引いたかはわからない。

くじ運のいい他の者が先に特賞を引き当ててしまう可能性だってあったし、そもそも桂が求めるようなあやかしが引いたところで、この九尾島の惨状に気づく可能性は極めて低いだろう。

——ううん。もしかしたら、あの伊吹っていう鬼たちが当たりくじを引いたあやかしの一味なのかも。

妻がいなくなったから捜していると彼は話していた。また、兄の八尾の心配もしてくれていた。その上、玉藻と自分に対してなにか違和感を抱いているようだった。

だから自分たちの窮地に気づいてほしくて、助けを求めたくて、頭の足りないふりをして茶に誘った。

しかし玉藻にことごとく牽制されて、うまくいかなかった。本当にしたたかで隙のない男だ。

だから今度は、あの能天気そうな鞍馬とかいう男にすり寄って自分の匂いをつけた。

城下に住む桂の友人がその匂いに気づいてくれると願って。

幸いその時の行動も、玉藻の前では〝イケメンに目がないあんぽんたん〟のふりをしているから、まったく怪しまれなかった。

しかしその友人が桂の匂いに気づかなかったら。玉藻に誘惑されてしまっていたら。

やはり桂の小細工はなんの意味も成さない。

——そもそも、もう一カ月以上も一緒に遊べてないもんね。あの子は私なんてもうどうでもいいと思っているかも。

そう考えた瞬間、幼い体が急に深い絶望感に襲われた。

最愛の兄を助けるため、以前のように兄妹で笑い合うため、天狐も野狐も関係なく、みんなが平和に楽しく暮らせる九尾島をなんとかして取り戻すために、これまで気を張っていた。決してくじけてはならない、簡単に諦めてはならないと、どうにか小さな体を奮い立たせていた。

しかしいくら知能が高いといえど、桂が十歳のいたいけな少女であることには違いなかった。

――もう限界。苦しいよ。ねえ、誰か気づいて。私を助けて。助けて助けて助けて助けて……。

『桂さま！』

絶望に涙が零れ落ちそうになっていたら、そのおぞましい声が桂の脳内に直接響いてきた。

――地下から玉藻が呼んでいる。

瞬間、動悸《どうき》が止まらなくなる。

また自分は、この声の主の前で内なる悲哀を隠して傲慢なふりをしなければならないのだ。

しかし彼の意向に背いたら、八尾がどうなってしまうかわからない。

どんな命令でも、心を無にして実行しなければ。例え、自分の神隠しの力で誰かを消せと命じられたとしても。

意を決した桂は自分自身に神隠しの能力を使った。

この力は、簡単に言うと空間転移であり、物体を今ある場所から別の場所へと移動させるという単純な術であった。

移動先を異空間にした場合、対象がこの世界から消滅したことになるため、俗に神隠しと呼ばれるようになったのだ。

また、自身にこの術をかけ移動先を任意の場所に指定した場合、瞬時に行きたいところへたどり着けるという、とても便利な妖術でもあった。

ただし、桂は現在玉藻によって妖気の大半を封じられていた。玉藻に命じられた時のみしか妖術の使用は許されていない仕組みだった。

そして桂は、野狐たちが閉じ込められている地下へと一瞬で移動した。強欲で非道な玉藻の命《めい》を受けるために。

＊

その少女はなんの前触れもなく凛の眼前に出現した。

無から突然現れたことに、凛は驚きを禁じ得ない。おそらくなんらかの妖術を使ったのだろう。

――この子が、みんなが『桂さま』と呼んでいた子？

あの玉藻にも敬称をつけられ、イヅナにも能力を恐れられていたあやかしが、まさかこんなにもかわいらしい子供だったとは。天狐の血統は凛の想像以上に偉大なのだろう。

桂は凛と伊吹を見ても、氷のように冷たい無の表情だった。

自分はさておき、鬼の若殿という偉大なあやかしを前にしてもだ。それだけで彼女がただの子供ではないとわかる。

「桂さま。ここにいるすべての小汚い野狐どもと鬼の夫婦を、あなたが持つ神隠しの力で消し去りなさい」

にやりと下卑た笑みを浮かべて玉藻が桂に命じる。

——私たちを含めた、ここにいるみんなを消し去る⁉　この子はそんなことまでできてしまうの⁉

神隠しの力の想像以上の効果に凛は戦慄した。

ざっと見ても野狐の人数は数百はくだらない。もし本当に実行できるのだとしたら。身分制度がなくなった現在でも天狐が妖狐の長として崇められている理由が理解できる。

それまで無表情だった桂だが、玉藻の命を聞くなり顔を強張らせた。青ざめ、小刻みに震えているようにも見える。

さすがに、こんな大人数を消滅させろと命じられるとは思っていなかったのだろうか。

──だけどどうして、こんなにすごい力を持つ子が玉藻の命令に従順に従っているのだろう？　なんとなくだけど、玉藻と違ってそんなに悪そうな子には見えないし……。

凛が疑問に思っていると。

「なにをためらっているのです。八尾さま──兄の命が惜しくないのですか？　まずはあの、忌々しい鬼の女からでいいですよ」

薄ら笑いを浮かべたまま、静かに玉藻が言い放った。だが彼が桂に向けている視線は鋭い。直接向けられているわけでもない凛ですら、その尖鋭かつ邪悪な玉藻の様子に身震いしそうになる。

つまり、桂は八尾の妹であり、なんらかの手段で玉藻は八尾を捕らえ、兄の身と引き換えに桂を従わせているらしい。

──なんてひどい真似を。

外見から考えると、桂はまだ十歳かそこらだろう。いたいけな子供に対する非道すぎる仕打ちに、凛は強く憤りを覚えた。

すると桂は俯いた。やはり彼女の体は小さく震えていた。

そして、ゆっくりと頷く。

「……わかったわよ」

兄を守るために、少女は他の者たちを消滅させる道を選ぶ。その気持ちが凛には理解できた。

もし伊吹を人質にとられて同じような立場になったとしたら、自分も一番大切な伊吹を守るために悪魔になってしまうかもしれない。

桂の行動に、自分の中にある恐ろしい部分に凛が気づかされてしまっていると。

「大丈夫だ、凛。鞍馬と椿の気配がする」

絶体絶命の状況だというのに、伊吹が凛の肩を優しく抱き囁《ささや》いた。桂が手のひらを自分たちの方に向け、今にも神隠しの術を発動させようとしているのにもかかわらず、彼はまったく怯《ひる》んだ様子はない。

「え？　鞍馬くんと……椿さん!?」

九尾島に一緒に来た鞍馬はともかく、椿という予想外のあやかしの名前が出てきて驚愕していると。

「桂ちゃん、ちょっと待ったあ！」

響いてきたのは、とても聞き慣れた若い男性の声だった。

いつも元気でお茶目な鞍馬の声がした方を向くと、なんと伊吹の言う通り鞍馬は椿を引き連れていた。彼の下働きである潤香も一緒にいる。

また、初めて見る顔もあった。銀髪でふさふさの耳と尾を生やした、神秘的な美しさを放つ妖狐だった。

桂と醸し出す雰囲気がまったく一緒だったため、ひと目で彼女の兄――八尾であると凛は理解した。

「俺が凛の元へ向かう間に、鞍馬たちが八尾を助けていたのだ。彼らの気配が間近に迫っているのを感じられたから、もうじき姿を見せるだろうと思っていた」

「そうだったのですね……！」

人質である八尾が解放されれば、桂が玉藻に従う必要はない。それで桂に神隠しの術を発動されそうになっても、伊吹は悠然としていたわけか。

「ああ。だが思ったよりも遅かったな、鞍馬。ギリギリだったぞ」

「ごめんごめん！　八尾を縛りつけていた妖力封じの鎖が思ったより頑丈でさ！　でも間に合ったみたいでよかったよ～」

鞍馬が苦笑を浮かべて答える。

一方の桂は、突然現れた鞍馬たちを見て呆《ほう》けた表情をしていた。捕らわれていたはずの兄が救出されて眼前に登場した現実をまだ理解できていないようだ。

そんな桂に向かって、椿がいつもの飄々とした調子で告げる。

「てわけでさ。もう桂ちゃんは玉藻の言いなりになる必要はないんだよ」

なぜ彼が伊吹たちと協力しているのか、凛にはまだわからない。しかしいつも行動に一貫性がなく、なんだかんだ凛を助けてくれることもある彼なので、またいつもの気まぐれに違いない。

「……そうだぜ、桂」

彼女の兄である八尾が椿の言葉に付け足す。弱々しさを感じる掠れた声だった。

よく見ると、彼の体のところどころに擦り傷があり頬もこけている。長時間玉藻に監禁され、衰弱しているのだろう。

兄の声を聞いた瞬間、桂の大きな瞳に大粒の涙が浮かんだ。そして涙を流しながら破顔した。

「よかった……兄さま！」

それは腹の底から絞り出すような歓喜の声に聞こえた。

先ほどまでの凍てついた表情とは打って変わって、年頃の子供らしいまっすぐな微笑みだった。

「そういうことだ、玉藻。これでお前は万事休すだな」

伊吹が冷淡に玉藻に言い放つ。

鞍馬や椿に潤香、そして自分が捕らえているはずの八尾の出現にうろたえた様子の玉藻だったが、伊吹の言葉を聞いて眉を吊り上げた。

「おのれおのれ……！　どいつもこいつも低俗な野狐どもの味方をしおってっ。私は高貴な狐の地位を取り戻そうとしたのだぞ！　元の正常な妖狐の世界に、正しい世に戻そうとしただけだっ」

唾を飛ばしながら、玉藻は自己の醜い理想を主張する。その表情と思想のあまりの醜悪さに、凛は心底嫌悪感を覚えた。

「てめえ、いい加減にしろよ。なにが正常な妖狐の世界だタコ。そう思ってんのはてめーだけだ。てめーが変なことする前はみんな幸せだったんだよ」

八尾が半眼で玉藻を睨みつける。外見は美男子なのに、口調はとても乱暴なのが凛には意外だった。

「挙句の果てには鬼の若殿と嫁にも迷惑をかけやがって。……さて。神隠しの術の効果はもちろん知っているよなあ？　あやかしも人も住めないような異空間や、時代を超えて飛ばされちまう場合だってある。覚悟はできてるんだろうな？」

「くっ……」

偉大な天狐にすごまれて、ぐうの音も出ない様子の玉藻。そんな玉藻に、八尾が一歩一歩、ゆっくりと近づいていく。

「消えるのはてめえの方だ、玉藻」

ひときわ鋭く睨みつけ、八尾が低い声で玉藻に言い放つ。

玉藻は「ひっ」と喉の奥で悲鳴を上げると、腰が抜けたらしく情けない様子でその場にへたり込んだ。

「わ、私が悪かった！　だ、だからっ、だから……！」

「うるせえ、消えろ」

情けなく眉尻を下げ慈悲を乞う玉藻だったが、八尾は容赦なく言い捨てる。そして妖術によって光に満ちた手のひらを玉藻に向けた。

「うわあああああ……」

なんと玉藻は忽然とその場から姿を消したのだった。彼の断末魔も、肉体の消失と共に聞こえなくなった。

――本当に文字通り〝神隠し〟なのね……。

聞いてはいたが、改めて神隠しの術の発動を目にした凛はその効力の恐ろしさに身震いした。

「本当に消えてしまったの？　異空間かどこかに追いやられたのですか？　死んでしまった？」

この世から消されても仕方のないほどの悪行を繰り返した玉藻だが、ほんの少し後味が悪くて凛が八尾に尋ねる。

「はは、まさか」

八尾は歯を見せて笑い、こう続けた。

「お灸《きゅう》をすえるために、この世界から消すふりをしただけだぜ。実際にあいつが移動したのは、天狐城の牢屋の中ってわけよ。あんな奴でも、私情で消すわけにはいかねえ。一応、罪人を裁く順序に則ってやんねえといけねえからな」

「そうだったのですね」

八尾の言葉に安堵する凛。

口調こそ乱雑だがやはり八尾は妖狐たちの主らしく、自身の都合でその力を行使するつもりはないようだ。

「えー。本当に消しちゃってよかったのに、あんな奴」

頬を膨らませて、大層不機嫌そうに桂が言う。

なかなか末恐ろしい子だなと凛は感じつつ、彼女が玉藻にされた仕打ちを考えると無理もない気がした。

「はは。まあ、あいつにはそれ相応の罰を受けてもらう。安心しろ、桂」

八尾に頭を優しく撫でられ、桂は再び涙ぐむ。兄との再会に感涙にむせっているのだろう。

「兄さま……！　本当に、無事でよかった……！」

「ああ。桂、お前もな。長い間つらい思いをさせてすまなかったな」

「そうだよっ。すっごくすっごく、つらかったんだからね！　あんな奴に捕まるなんて、兄さまの馬鹿っ……！」

涙声で叫びながら、桂が八尾に飛びつく。

突然のことにたたらを踏む八尾だったが、妹を受け止めると抱きしめ返した。目を細めて愛しい妹を見るその表情は、とても切なげで深い情愛がこもっている。

「もう、絶対にお前をひとりにはしねぇよ」

「ほんとに!?　兄さま、絶対だよ！」

「ああ、約束するぜ。本当に頑張ったな、桂」

絶対の約束を交わした桂は、兄の存在を必死で確かめるように彼の胸に顔を埋めていた。

そんな兄妹の感動の再会に、凛が胸を打たれていると。

「……凛」

ふわりと優しい感触を全身に感じた。伊吹が凛を抱きしめてきたのだ。

「伊吹さん……！」

この世の者とは思えないほど美しい彼の顔を久しぶりにしっかりと見れて、凛の瞳にもうっすらと涙が浮かぶ。

絶対に諦めない、ここから逃げて伊吹のところに戻るのだ、伊吹とまた会うのだと気を張り詰めていた。

けれど、どうしてもたまに、このまま一生伊吹に会えないんじゃないかという不安が頭をよぎる瞬間があった。そのたびに慌ててそれを打ち消し、『伊吹さんならきっと私を助けに来てくれる。絶対に再会できる』と自分に言い聞かせていた。

つまり凛も、すでに極限に近い状態だった。そんなギリギリの中での伊吹との再会は、感動もひとしおだ。

「無事でよかった……。凛も諦めずによく頑張ったな」

「伊吹さんが必ず助けに来てくれるって信じていましたから」

「当たり前だ。俺は凛を救うためなら、どんなことだってする。だが、時間がかかってしまったな。すまん」

心底申し訳なさそうに告げる伊吹だったが、凛は首を横に振る。

「いいえ、伊吹さんは間に合うように来てくれたではないですか。私は本当に幸せ者です」

凛がそう言うと、伊吹は腕に込める力を強くした。むせそうになるくらいの圧迫感を覚えたが、なんて幸せな感触なのだろう。

伊吹は凛の頬に優しく手を添えた。これは彼が口づけを乞う時の動作だと凛は思い出す。

鞍馬や椿、また八尾や桂、イヅナをはじめとした妖狐たちが周囲にたくさんいる。

普段なら、ふたりきりでも恥ずかしさを覚える行為だというのに。

――でも、どうしてだろう。周りの目なんて気にならないくらい、私も今すぐ伊吹さんとキスをしたいって思ってしまっている。

九尾島に着いたばかりの時も、公衆の面前で口づけをしたら、しばらくの間伊吹の顔をまともに見られないくらい照れてしまった。

にもかかわらず、積もり積もった寂しさは恥ずかしさなど投げ捨てられるほどに膨らんでしまっていたのだ。

凛が瞳を閉じると、唇に柔らかい感触が触れた。数日ぶりの口づけは、あまりに切なくあまりに甘美だった。

数秒間、愛しい伊吹の唇を堪能した後、凛は目を開けた。眼前には、いつにも増して優美に微笑む伊吹の顔がある。

すると、少し離れた場所から鞍馬の呆れたような声が聞こえてきた。

「あーあ。人目もはばからずよくやるよねえ、まったく」

「ま、いいんじゃないの。感動の再会って場面なんだからさ」

笑いをこらえているような声で、椿が鞍馬をなだめる。いつの間に仲良くなったのか、ふたりは親しげに会話をしていた。

他にも、妖狐たちの囃《はや》し立てる声や「やるじゃねえか、伊吹」「まあ……。なかなか大胆なのね」なんていう八尾と桂の会話も凛の耳に届いてきた。

そんな冷やかしを不思議と小気味よく感じた凛は、伊吹に微笑みを返すように破顔一笑したのだった。


囚われていた八尾を救い出し、一連の騒動の首謀者であった玉藻を天狐城の牢に入れてから三日後。

玉藻に迫害を受けていた野狐たちは皆救出された。彼らにかけられていた誘惑もすべて解かれ、健康被害が見られた妖狐たちは病院で手当てを受けている。

また、野狐よりも上の身分だった妖狐たちには野狐のことを忘失するように術をかけられていたが、それも八尾によって解術された。

当初は動揺する妖狐たちも多く見られ、市街地で騒ぎが起こったり、不安を覚えた妖狐たちが天狐城に殺到したりもしていたが、今日になってからは凛が島に来たばかりの頃のように通りでは客引きの賑やかな声が聞こえてきた。

地下という閉ざされた空間で地獄が広がっていた九尾島は、徐々に元の平穏な姿を取り戻しているようだ。

そして今日は、伊吹と凛、鞍馬が九尾島を去る日だった。町内のくじ引きで当選した旅行券の日数が本日までだったのだ。

──そういえば、くじを引いた時に当たり券が光っていたんだよね。

怒涛の毎日だったのでつい忘れてしまっていたが、ふと凛は思い出した。

あの輝きにはきっと意味があったのだろう。ひょっとしたら、八尾や桂が自分に助けを求めていたのかもしれない。

くじに当たったことでたまたま訪れた旅先で、妖狐の根源に関わるような騒動に巻き込まれたのだ。単なる偶然とは思えなかった。

──大変だったけど、八尾さんと桂ちゃん、そしてイヅナさんたち野狐の力になれてよかった。まあ、欲を言うともうちょっとのんびり観光したかったけどね。

仕方のないことだが、伊吹に救出された後も、妖狐たちに捕らえられていた時の事情を聞かれるなどして忙しく全然ゆっくりできなかった。

そんなこんなで今、九尾島を発つ船が発着する港に一同は訪れていた。しかし、出発までにはまだ十分すぎるほどの時間がある。

ではなぜ、そんなに早く凛たちがここに来たのかというと。

「ってわけでよ。凛、御朱印帳を出せ」

港には八尾も姿を見せていた。妖狐の頂点に立つあやかしだというのに、まるで気取った様子はない。

通りすがりの「あ、八尾さま！」と声をかけてくる妖狐にも、「よう」と気さくに返事をしていた。

――この九尾島が『妖狐の楽園』と謳われているのは、きっとこの大らかな八尾さんのおかげなんだわ。

ふんぞり返ってもいい立場なのにもかかわらず下々の者にも友人のように接する八尾を見て、凛は深くそう思った。

「はい、お願いします」

八尾に言われた通り、凛は懐から御朱印帳を出した。

騒動後に伊吹に聞いた話だが、実は以前から伊吹は八尾に御朱印をいただけないかと相談していたらしい。その話の途中で八尾が音信不通となり、気にかけていたのだという。

『適当で気まぐれな八尾のことだし、連絡無精をこじらせているだけかと思ったが。まさかこんな窮地に陥っていたとはな。本当に旅行に訪れてよかった。今考えても冷や汗が出る』

そう伊吹は感慨深そうに話していた。

そして妖狐たちの平和を取り戻すために、伊吹と凛が一役買った今。

八尾は喜び勇んで『何百回でも押してやらあ』と、凛に御朱印を押印すると申し出たのだ。

八尾は凛をまっすぐに見つめて、真っ白な印を構えた。そして誓いの言葉を紡ぐ。

「我は『奔放《ほんぽう》』のあやかし八尾。弊習に囚われない凛の『奔放』さを認め、生涯同胞であることを誓う」

『奔放』という八尾のふたつ名が、凛にはとてもしっくりきた。

近年では妖狐内での身分制度は緩和されてきていたとはいえ、野狐に対する差別や権利の制限は数年前までしつこく残っていたという。

古来より続いていたそんな悪しき風習のすべてを撤廃し、妖狐皆の幸せを願う心優しき天狐である八尾。そして誰に対しても気さくに振る舞う心の広さ。

——伊吹さんが八尾さんと仲良くしていた理由がわかるわ。

そう、八尾の度量の広さはどこか伊吹に通ずるものがあった。伊吹は彼ほどざっくばらんではないが。

「ありがとうございます、八尾さん」

「だから礼なんていらねえよ。てか、凛と伊吹が来てなかったら俺はたぶんいまだに妖力封じの鎖につながれてんだ。言っただろ、何百回でも御朱印を押してもいいくらいこっちはお前らに感謝してるって」

ぺこりと頭を下げて礼を述べる凛だったが、八尾が気安い口調で言う。本当に気持ちのいいあやかしだなと、凛は顔を綻ばせた。

「まあ、そうかもしれないが。こっちとしては天狐が魂の同胞になってくれたのは本当に心強いのだ。凛になにかあったらよろしく頼むぞ」

「あったりめーだ。お前らは命の恩人だからな。なにか困ったことがあったら、お前らが地の果てにいたとしても速攻で助けに行くぜ」

「はは、それはありがたいな」

伊吹も八尾とそんな会話をして、微笑み合っている。すると海の方から汽笛の音が聞こえてきた。

「あ、もう船が来ちゃったみたい。いろいろあったけど、なんか寂しいな〜。俺はもうちょっと普通に観光もしたかったよ」

「私も……。でも、また来ればいいんじゃないかな」

名残惜しそうな鞍馬に凛がそう提案すると、一同は頷いた。

「そうだな。また近いうちに遊びに来よう」

「わーいやったー！」

「おう、待ってるぜ！」

「その際はよろしくお願いいたします」

四人でそんな会話をしているうちに、船が桟橋に到着した。八尾は立ち去り、凛たちが船に乗り込もうとした時。

「凛!」

乗船しようとしたタイミングで、背後から呼び止められた。

凛が振り返ると、そこにはイヅナが立っていた。肩で息をしているので、慌てて走ってきた様子だった。

「イヅナさん……」

「はあはあ……。凛たちが八尾さまと話していたようだったから、それが終わるのを待っていたんだが。終わったらすぐに船に乗り込もうとするのが見えて、焦ってしまった」

言い終わり、息が整ったらしいイヅナはまっすぐな視線を凛にぶつけてきた。

凛の傍らにいる鞍馬から「このイケメン誰だっけ?」という声が聞こえてきた。そして伊吹は、無表情だが圧を込めた瞳でイヅナを見据えている。

イヅナがどういったあやかしなのかを凛が伊吹たちに説明してもよかったが、それよりも今は彼の言葉に耳を傾けたかった。なんとなく水を差したくない気分にさせられたのだ。

「まあ……なんだ。なにを話しに来たのか、自分でもよくわからないんだけどよ」

「じゃあもう行ってもいいだろうか?」

伊吹がつっけんどんに言い放つ。

鞍馬が「伊吹っ、大人げない！」とたしなめると、その様子を見ていたイヅナはふっと噴き出した。

「ははは。なんだ、想像以上に凛は鬼の若殿さまに愛されてるんだな。この前もちょっと言ったが、凛の『私が、本物の花嫁だから』って言葉を最初はつい疑ってしまったけどよ。それでも俺は初めから、凛はどっか他のあやかしの女とは違うなと思ってた」

伊吹の顔からほんの少し硬さが消える。

「イヅナさん、どうして？　他の妖狐たちはみんな笑っていたのに。お前みたいな地味で妖気も低い女が鬼の若殿の花嫁なわけないって」

先日もイヅナに同じように尋ねた覚えがある。その時は『凛を見ていればわかるさ』と、凛にとってはいまいちよくわからない回答だった。

「そいつの強さってのは、外見や妖気なんかじゃわかんねぇよ」

凛の言葉を打ち消すように、イヅナが少し強い口調になった。伊吹から「ほう……」という声が漏れる。

「あんたは絶望的な状況でも、ずっと前向きだった。みんなが近寄らない病気の妖狐にも嫌な顔せずに手当てをしていた。諦めかけていた俺の心すら動かした。そこまで見せつけられれば嫌でもわかっちまうよ。鬼の若殿が妻として選ぶなら、こういう女に違いないってな」

「イヅナさん……」

感極まり、凛は涙ぐんでしまう。

伊吹の愛はすでにこれでもかというほど実感しているが、他のあやかしから見て自分はどうなのだろう、伊吹にふさわしい存在になれているのかと、しばしば不安を感じる時もあった。

だからイヅナの言葉に、凛は大きな喜びを感じた。知り合ったばかりの、それまで身近ではなかったあやかしに鬼の若殿の伴侶として認められたことは、大きな自信へとつながる。

「なかなかよいことを申すではないか。だが凛は俺のものだ。なにがあっても絶対に渡さないからな」

不敵に微笑みながら、伊吹がイヅナに宣戦布告をする。凛はなぜそんなふうに彼が言い出したのか理解できず、うろたえる。

「ちょ、ちょっと伊吹さん!?」

――た、確かにイヅナさんから想いは打ち明けられたけど、それはちゃんと断ったし、今は全然そんな話してなかったじゃない。

「はは。鬼の若殿さまから奥様を奪うなんて、大それたことは考えてないさ」

軽く笑ってイヅナが答えるも、伊吹は半眼で不審げに彼を見つめる。

「……本当か？　お前、凛に恋情を抱いていないか？」

「とんでもない。……あ、もう船に乗らないとまずいみたいだが」

イヅナが船の乗船口を指差すと、船員が「他に乗船の方はいらっしゃいませんか～？」と声がけしていた。

「あ、ほんとだ！　締めきられちゃうよっ。早く早く！」

鞍馬に急かされて、三人は駆け足で乗船する。

結局イヅナとはきちんとした別れの挨拶ができなかった。

「凛。イヅナとは本当になにもなかったんだよな？」

船内の座席に座ると、伊吹が渋い顔をして尋ねてきた。

まったく迷わずにイヅナの申し出を断ったのだから。イヅナが自分に好意を抱いていた件について今さら言う必要はないだろう。

「ええ。なにもありません。地下に閉じ込められた時に親しくなっていろいろ協力しましたが、それだけですよ」

「そうか……。だがあいつは凛を好きなんじゃないかなあ」

ほんの一時しかイヅナを見ていないはずなのに鋭い。さすがは鬼の若殿である。

「例えそうだったとしても、私の心は伊吹さんだけのものです。それではダメですか？」

　首を傾げて凛が尋ねると、伊吹はハッとしたような面持ちになった後、大層嬉しそうに微笑んだ。

「いや……ダメではないぞ。そうだな、俺はなにを不安に思っていたのだろう。横恋慕されても、俺たちが相思相愛ならまったく問題なかったな！」

　うんうんと頷きながら声高らかに伊吹が言う。

　周りに他の乗客がいる中で『相思相愛』という言葉を大きな声で発せられ、凛は気恥ずかしさを覚える。

「はいはい、よかったですねー。……って、ところで椿と潤香ちゃんってどこ行ったんだろ？」

　ふたりに呆れた顔をしつつも、辺りを見渡す鞍馬。

　一見したところ、この船には彼らは乗っていないようだった。

「そういえば、凛や野狐たちを救出した後いつの間にか姿を見かけなくなったな。まだ九尾島にいるんだろうか」

「そうかもしれないですね。騒動が終わって、改めてのんびり観光でもしているんでしょうかね」

　凛が苦手としている椿だが、今回は自分を助けるために動いてくれたとのことで、ひと言お礼を言いたかったのだが。

まあ、神出鬼没な椿のことだから、また近いうちに顔を合わせるだろう。

その時に改めて話せばいいと、凜は深く考えない。

ふと船窓の外を眺めると桟橋にはまだイヅナの姿があり、はたりと目が合う。凜が手を振ると、イヅナは小さく笑って手を振り返してくれた。

地下にいる間、凜にとってイヅナは大きな存在だった。イヅナがいなければ、凜の心はとっくに折れていたかもしれない。

玉藻の誘惑にも屈せず、暗い地の底でも瞳に輝きを失わなかった強いイヅナが自分に好意を抱いてくれたことを誇りに感じる。

しかし凜が愛しているのは、伊吹ただひとり。その想いはいっさい揺らがなかった。

──ありがとう、イヅナさん。あなたに会えてよかった。

だから凜は、隣に座る愛する鬼の若殿に悟られぬよう、ひとりの妖狐に対する深い謝意をこっそりと抱いたのだった。

＊

凜を乗せた船が九尾島からどんどん離れていく。それでもイヅナは、小さくなった船を目を細めて眺めていた。

「にーちゃん、凛ちゃんを好きだったくせに。あんなにあっさりと別れちゃってよかったの？」

不意に弟のオサキに声をかけられた。

いつの間にここに来ていたのだろう。しかも、凛との別れ際のやり取りを見られていたらしい。

「……いいもなにも。ああするしかないだろうが」

仏頂面でイヅナは答えた。するとオサキも負けじと口をとがらせる。

「だってさ！　俺だって凛ちゃんがにーちゃんの彼女になってくれたらいいなって思ってたのに！　なんだよもう、簡単に諦めちまって！」

「お前は凛に懐いていたもんな」

オサキも凛が去って深い寂寥感を覚えているのだろう。

――凛、お前は俺たちにとって光だったんだよ。

ある日突然地下へと閉じ込められ、最低限の食糧しか与えられず、妖力を吸い続けられる地獄のような日々。

最初はどうにか脱出してやると息巻いていたが、他の妖狐たちは魅了され、助け合える仲間なんていなかった。イヅナの心もほとんど折れていた。

そんな中現れた、ほぼ妖力を持たない控えめそうな佇まいの鬼の女、凛。

しかし控えめだなんてとんでもなかった。きっと凛の辞書には〝絶望〟という言葉は載っていないのだろう。

地下の劣悪な状況を把握しても彼女は決して諦めず、どうすればよいのかを常に思考していた。いたいけそうに見えるその瞳は、常に強く光っていた。

イヅナはいつの間にか、そんな彼女に心を奪われていた。一応ひと通り恋愛経験はあるが、女性に全神経が惹かれたのは生まれて初めてだった。

「だけど、恋敵は鬼の若殿さまだぜ」

「そんなの気にすんなよ！　だって八尾さまだって、身分や種族なんて関係ないっていつも言ってるもん！」

ついには泣きながら訴え出したオサキ。

イヅナは困り顔で答える。

「そういう意味じゃねえんだよ……。凛が好きなのは俺じゃない。あの鬼の若殿さまなんだ。俺がなにかやったところで、凛を困らせるだけなんだよ」

「でも……！」

「お前も凛を好きなら、凛の幸せを願ってやれ。偉大な鬼の若殿さまの妻として、心の強い凛はお似合いだ。……なあ、オサキ。お前もそう思わないか」

イヅナは優しく諭すように幼い弟に告げる。すると心に響いたようで、オサキは唇を噛みしめて黙った。気持ちの整理はついていないようだが、なんとか納得しようと努力しているように見える。

まあ、弟に対して偉そうなことを言ったが、自分だってしばらくこの想いを引きずるのだろう。

すでに豆粒のように小さくなった船を眺望しながら、イヅナはぼんやりと思う。

——さよなら。初めての本気の恋。

＊

伊吹たちは九尾島を去ったようだ。

変に勘繰られるのが嫌で、椿は凛を救出した後はあえて彼らと顔を合わせないようにしていた。

彼らは事件の後処理に忙しく、自分の存在など気に留めていないようだったのはよかった。

——おせっかいな伊吹と凛ちゃんのことだからね。こんな俺でも、事情を知ったらどうにかしようと奮闘するだろうからなあ。

しかし牛鬼の椿が抱えている問題は、例えあのふたりでもどうにかなるはずがないのだ。

『最強』のふたつ名を持つ鬼の若殿と、百年に一度の割合でしか存在しない伝説の夜血の乙女だとしても。

数千年も続く牛鬼にかけられた忌まわしい呪いは、例えどんな存在であっても解呪は不可能であるはず。

天狐城をひとりで訪れた椿は、八尾の自室へと案内された。中に入ると、壁に背をつけて座る畳の上の八尾以外、誰の姿もない。

今さら詳しい話はいらないはずだ。

八尾は椿の込み入った事情を把握している。

「もう、待ちくたびれたよ。せっかく約束を取りつけたのに、急に行方不明になるんだからさあ。予定が一カ月延びちゃったじゃないか」

ため息交じりに椿が告げると、八尾は苦笑いを浮かべた。

「ああ、すまねえな。助けてくれてありがとよ、椿」

「まあ俺だけの力じゃないよ。半分以上は伊吹と凛ちゃんのおかげだろ」

「んなことはわかってらあ。さっきお礼に凛に御朱印を押してきたぜ」

「そうか」

──きっと凛ちゃんなら今後も御朱印を増やしていくだろうな。

出会ったばかりの頃は、ひとりではなにもできなそうな弱々しい存在としか思っていなかった。それでも自分と因縁のある夜血の乙女だから、呪いを解く方法を探るためにおもしろ半分にちょっかいを出した。

しかし彼女は、最初の印象とまったく違う女性だった。

先代の夜血の乙女である茨木童子は強く美しい女性だったと言われているが、凛も負けず劣らず強く、そして美しかった。

やはり夜血の乙女は類まれな精神力を持つ、選ばれし者なのだ。牛鬼風情がどうにかできるほど脆弱な存在ではなかった。

──もうちょっと凛ちゃんの行く末を見ていたかったけど。そろそろ俺の方が時間切れなんだよなあ。

一抹の寂しさを覚えながらも、椿はいつも通り美しく微笑んで八尾にこう告げる。

「さすがにもう邪魔は入らないだろうね。そういうわけで約束通り、君の神隠しの力で俺を消してくれ。……俺の存在そのものを。俺がこの世界にいた痕跡のすべてを」

第五章　千三百年前の呪詛

百年以上前、あやかしたちが人間を好き勝手に蹂躙《じゅうりん》していた頃。

変化《へんげ》の術を得意としていた濡れ女は、妖艶な女に化けては人間の男の血肉を食らって生活していた。

時には彼女らの始祖である巨大な蛇に変化《へんげ》し、人間を驚かし捕らえ、人肉を好む他のあやかしたちに人体を売りさばくこともあった。

しかし酒呑童子による異種共同宣言が採択されてからは、濡れ女はそんな生き方を改めざるをえなかった。

だが濡れ女は基本的に妖力が低く、修行を積んでも変化《へんげ》くらいしかまともな能力を身につけられなかった。

結果、見目麗しい者の多かった濡れ女に残されたのは、その美しい体を売り生計を立てることくらいだった。

潤香も遊郭で働く母と客の間にできた子だ。それは濡れ女にとってはごく一般的な境遇で、子も成長すれば母と同じ遊女となるのが常だった。

しかし潤香は体を売る女としては致命的な外見をしていた。生まれつき、顔の左半分が醜い青痣《あおあざ》で覆われていたのだ。

母はそんな潤香をまったく愛してはいなかった。

「気味が悪いから前髪を伸ばしてその痣を隠しな」

そんな言葉を母から吐き捨てられたのが、潤香のもっとも古い記憶だった。

不幸にも、潤香の痣は成長と共にどんどん色が濃くなっていった。

十歳の頃、母のお気に入りの上客に「陰気臭いガキだなあ。捨てちまえよ」と笑いながら言われた。

すると母はあっさりと潤香を捨てた。

行くあても身銭もなく、潤香は数日間歓楽街をさまよった。

浮浪児など珍しくもないこの界隈《かいわい》では、誰も潤香など気にも留めない。助けを求めても、誰ひとり潤香を一瞥すらしないのだった。

とうとう潤香は空腹で足が動かなくなり、道の隅に倒れてしまった。するとここぞとばかり、蛇の天敵である鷹や鳶《とび》が潤香を襲い始めた。

鋭いくちばしでつつかれ、刃物のような鉤爪《かぎづめ》で皮膚をえぐられていく潤香の全身。

最初は痛みと恐怖で悲鳴を上げていたが、それすら行う体力がなくなってしまう。

生まれてこなければよかった。短い人生を脳内で振り返っても、いいことなんてひとつもなかった。

そんなふうに潤香が深い虚脱感を抱いて目を閉じると。

自分を襲っていた猛禽類たちから「ギャアギャア」という鳴き声が聞こえてきたかと思えば、それ以降攻撃がなくなった。何事かと瞼を開けた潤香が見たのは……。

──なんて美しいあやかしなの。

煌びやかな銀の髪をなびかせ、同色の銀の瞳で興味深そうに潤香を見ていた男がいた。

椿だった。どうやら彼が鳥たちを追い払ってくれたようだ。

「その顔は生まれつきかい？」

のんびりとした口調で椿は尋ねてきた。

助けてくれたことに感謝の念はあるが、なぜ痣について聞いてくるのかと潤香は不思議に思う。もはや顔の痣なんかよりも、鷹のくちばしや鳶の鉤爪で負った傷の方がよっぽどひどかったから。

「そう、です」

とりあえず掠れた声で潤香が答えると、椿はなぜか満足げに笑う。

「へー。生まれつきの痣持ちかあ。いいじゃん、選ばれし者って感じで」

意味不明な言葉に思えて、潤香は眉をひそめる。

「知らないの？　顔に生来の痣がある奴はなんかすごい力を秘めている……みたいな設定よくあるじゃん。人間界のアニメとかゲームとかにさ。君のその痣の出方、絶対ただ者じゃないキャラじゃん」

「はあ……」

説明を聞いてますます理解できなくなった。

人間界の文化なんて触れた経験がない潤香はもちろんそんな常識を知らないし、第一自分はアニメやゲームの登場人物ではない。

「私は外見が醜いだけの、うだつの上がらない濡れ女です」

「まあ実際はそうだろうね。で、親に捨てられて行くところなんてないってとこだろ？　俺はちょうど下働きの者を探していたんだよ。歓楽街で捨てられた君なら面倒なしがらみもなさそうだし、適任だなあ」

「はぁ？」

思わず間の抜けた声を上げてしまう潤香。

下働き？　適任？　いったい彼はなにを言い出したのか。

「だからー、俺の下で働いてほしいんだよ。痣持ちの女の子が配下にいるなんてただ者じゃない感あるじゃん？　ってわけで決まりね」

「え……？」

戸惑う潤香を椿は抱え上げた。そしてそのまま彼の屋敷に連れていき、汚れた体を風呂で洗い、怪我の手当てをしてくれた。

本当に訳がわからなかった。憐れみを抱いて自分に優しくしているわけではなく、楽しんでいるような素振りで面倒を見ている椿の心情が。

椿ほど見目麗しければ、いくらでも女性など手に入るはずなのに。なぜわざわざ醜い自分を手元に置こうなんて考えているのか。

怪我が完治した頃、椿は潤香を仕立屋に連れていき、自由に好きな柄の反物を選べと命じてきた。

生まれてこの方、母のおさがりの擦りきれた着物しか着る経験がなかった潤香は、恐れ多さを覚えた。

しかしそれでも主の命には従わねばならない。こわごわと、漆黒の柄のない反物を選んだ。

——綺麗な色や柄が入った着物なんて、私に似合うはずがないもの。

禍々しい痣を持つ自分が華美な着物を着用なんてしたら、台無しもいいところだ。

着物に失礼だとすら感じる。

だから潤香は、まるで宵闇《よいやみ》のように深い黒一色の反物にした。

華やかな布がそこら中に置かれる店内で、その闇だけが唯一自身に許された色に思えたのだ。

すると椿は潤香が指差した真っ黒な布を見て、不敵に微笑んだ。

「なかなかいい趣味じゃないか。俺も黒は一番好きだよ」

「え……！　も、申し訳ありません。椿さまのお好みの色を私ごときが選んでしまうなんて……」

椿の言葉に潤香は慌てふためく。

そういえば椿は日頃から黒の法衣を好んで着用しているではないか。主と同じ色を選ぶなんて、自分はなんておこがましい行動を取ってしまったのだろう。

「なんで謝るの？　いいじゃん、潤香に似合うと思うよ。それにふたりとも黒で統一すれば、闇の組織感出てよくない？」

こんなふうにたまに椿はよくわからないことを言う。しかし、彼が気に入ってくれているのならいいかと潤香が納得していると。

「黒にはいろんな意味があってね。まあ暗い色だし、悲しみとか恐怖とか死とか、そんな後ろ向きなイメージの方が多いんだけどさ」

「なるほど」

どうやら死にぞこないの自分にぴったりの色を自然と選んでいたようだ。

椿は黒の反物を広げ、潤香の前に掲げた。

「だけどこんな意味もある。威厳、高級感、気品とかね」

「まるで椿さまのためにあるような色なのですね」

椿は潤香が出会ったあやかしの中で、もっとも優雅な男だった。

遊郭には札束で頬を張るような大金持ちもよく訪れていたが、女に鼻の舌を伸ばす彼らは下品で低俗な存在にしか見えなかった。

しかし椿は独特の感性を持ち、何事にも動じず、いつも達観したように微笑んでいた。その品のある佇まいに、潤香は何度惚れ惚《ほ》れ《ぼ》させられただろう。

「はは、そう思ってくれているのかい？　でも潤香にもぴったりだと俺は思うよ。君は気高い心を持っている」

「……私が？　そんな、とんでもございません」

潤香は勢いよく首を横に振る。下賤極まりない痣持ちの濡れ女など、気品や威厳なんかとは程遠い存在ではないか。

そんな潤香を目を細めて見つめると、椿は黒の反物を畳の上に置き、金一色の帯を持ってきた。

「ほら、黒には煌びやかな黄金が似合うだろう。この組み合わせはきっと潤香にもぴったりだよ」

「た、確かに黒と金は合いますが……」

まばゆい光を放つ金色の帯など、自分には似つかわしくない。しかし椿の満足そうな微笑みを前にしたら、これ以上水を差すようなことは言えなかった。

「よし、じゃあ黒の反物で着物を作って、その帯を合わせよう。できあがりが楽しみだなあ」

こうして潤香の一張羅《いっちょうら》は、新月の夜空のような漆黒の着物に、きらめく無地の金の帯となった。

着物ができあがる直前、ふと思い立って椿が話していた黒の色の意味について潤香は調べてみた。主がもっとも好む色に、まだ自分の知らない象徴があるのだろうかとなんとなく気になったのだ。

そこで潤香は、黒には『死んでも忠義を尽くす』という意もあると知った。

そしてできあがった漆黒の着物をまとい、潤香は誓ったのだ。

――これからなにが起こったとしても。どんなことがあったとしても。私は椿さまに忠義を尽くす。

椿のためならば、この身などどうなろうと構わない。

椿に自分自身のすべてを捧《ささ》げる。

例え彼がそれを望まなかったとしても。

＊

「この時間は風が涼しくて気持ちがいいですね」

「ああ、そうだな。昼間は随分暑くなってきたからな」

手をつないで歩きながら、微笑み合う凛と伊吹。文月となり、伊吹の言う通り昼間は汗ばむ陽気が続いている。

繁華街から離れた伊吹の屋敷の付近は、里山が広がるのどかで美しい場所だった。小さな湖もあり、透き通った水面に木々や空が映し出される様はなんとも風光明媚な景観だ。

四季の移り変わりを肌で感じられるこの付近を散歩するのが、凛は好きだった。伊吹の仕事も凛のアルバイトもない時が重なると、よくこうしてふたりでのんびりと歩きに来るのだった。

湖のそばまで来ると、橙色《だいだいいろ》の見事な夕焼けが水鏡に映し出されていた。神秘的な美しさに、心が洗われていく感覚を凛は覚える。

九尾島を離れて一週間余りが経った。

島では生死すら脅かされるほどの危機的状況に陥り心身共に疲弊させられたが、騒動が解決して屋敷に戻ってからは、嘘のように穏やかな日々が続いていた。

「夕焼けも湖もとても綺麗ですね、伊吹さん」

しみじみと凛は呟く。

美麗な景色を愛してやまない人と眺めているこの状況。これほど幸せな瞬間が、他に存在するだろうか。

「そうだな」

頷いて微笑む伊吹の顔は、夕焼けに照らされていていつも以上に神々しい美しさを放っていた。

もう見慣れているはずなのに、やっぱり凛は性懲りもなく見惚れてしまう。

伊吹は凛を抱き寄せ、頬に手を添えた。体を強張らせながらも凛は彼に身を任せ、瞳を閉じる。そして口づけされるのを静かに待った。

すぐに柔らかく熱い感触が唇に訪れた。

ほとんど毎日この感覚を味わっているのに、体の芯から熱くなるように幸福が押し寄せてくる。

接吻の後、目を開いた凛。しかし伊吹は凛を今まで以上にきつく抱きしめた。

「えっと……。伊吹さん？」

口づけ後は、いつも優しく微笑みかけながら自分を抱くのをやめることが多い。しかし抱擁が続いていたので、凛は戸惑いを覚えた。

――あっ、でも九尾島から戻ってからは、それまで以上に伊吹さんのスキンシップが激しい気がする。

「すまん、凛。だがこうでもしないと、また凛がどこかへ行ってしまうのではないかと思えて」

相変わらず凛を抱きしめながら、伊吹が切なげに言葉を紡ぐ。

凛はハッとさせられた。

地下に閉じ込められている間、凛も伊吹に会いたくて会いたくて仕方がなかった。このまま一生会えないんじゃないかと考えると気が狂いそうだったから、あえて考えないようにしていた。そして再会した時は、涙が出るほど嬉しかった。もう一生離れたくないと願ったほどだ。

今の伊吹の言動を見ると、そう思っていたのはどうやら凛だけではなかったらしい。

「私はどこにも行きません。だから伊吹さんも、どこにも行かないでくださいね」

伊吹の腕の中で、そう懇願した。

すると伊吹は再び凛の頬を手のひらでそっと包む。

「ああ、もちろんだ。凛を置いて、絶対にどこにも行かないよ……俺たちはずっと一緒だからな」

「はい」

どこか切なげに、しかし優しい微笑を浮かべながらの伊吹の言葉に、凛は嬉しさを噛みしめながら頷く。

そして、再び伊吹が口づけしてくるのを察した凛が瞳を閉じようとした時だった。

「あ！　あそこにいるのは潤香さんでは……!?」

湖の対岸に小さな人影が見えたのだが、凛も知っているあやかし——椿の侍女である濡れ女の潤香のように見えた。

伊吹も凛への抱擁をやめると、目を細めてその人影を見据える。

「確かにあれは潤香だな。しかし、こんなところでなにをしているのだろう」

「椿さんの屋敷は、ここから随分遠かった覚えがありますが……」

凛があやかし界に来たばかりの頃。伊吹の屋敷を抜け出し迷った挙句、椿の屋敷の近くまで行ってしまったことがある。

しかし凛が何時間もさまよった上でやっと到着したので、ここからは相当距離があるはずだ。だから凛たちのように、潤香が散歩がてらこの湖を訪れたというわけではないだろう。

この付近は伊吹の屋敷以外の家屋は存在しない。となると、彼女は伊吹や凛に用事があってやってきたのかもしれない。

そんなふうに凛が考えていると。

「ロープ……？」

潤香は湖畔に立つ木の枝にロープを括りつけていた。

なにをしているのかと様子を眺めていると、ロープに大きな輪ができているのが見えた。その輪はあやかしひとりの頭がまるっと入ってしまうような大きさだった。

「え……。う、潤香さん……？」

最悪の想像が駆け巡るも、「そんなわけないよね」とすぐに頭の中で打ち消す凛。

伊吹は引きつった顔をして、潤香を注視していた。

しかしまさか、その想像が的中してしまう。

ロープを結んだ木のそばにあったベンチに立った潤香は、輪の中に自身の頭をくぐらせたのだ。

そして潤香はベンチから飛び降りた。首に引っかかったロープにより、彼女は宙ぶらりんの状態になる。そう、まさに首吊りの状態に。

「えええぇ！　う、潤香さん!?　伊吹さんた、た、大変ですっ！」

他者が自殺を試みる現場なんて初めて目にした凛は、慌てふためいた。

しかし数々の修羅場を潜り抜けてきている鬼の若殿は自分がなにをすべきなのかを冷静に判断していたようで、すでに潤香の方へと走り出していた。

鬼の強靭な脚力によって、三秒も経たずに伊吹は潤香の元へとたどり着く。そして潤香を吊るしていたロープを手刀で素早く切断し、彼女が落下する前に抱きかかえる。

「おい！　大丈夫か!?　なにを馬鹿なことを……！」

「げほっ……。う、うえっ……」

伊吹の後を追って凛が目にした時には、彼に背中をさすられている潤香が苦しそうにむせていた。

「伊吹さん！　潤香さんは大丈夫なのですか!?」

「ああ、どうやら間に合ったようだ。こうして咳をする元気があるなら、大事には至っていないだろう。しかしあと少し遅ければ危なかった。命を助けられたとしても、重度の後遺症が残っただろうな」

その言葉を聞いて凛はぞっとする。伊吹がここにいなければ、間違いなく潤香はあの世に旅立っていた。

自分たちはたまたまこの時間に散歩をしていたが、本来この辺りはあやかしの往来など皆無に等しい。つまり潤香は、人気《ひとけ》のないこの場所を訪れて確実な死を求めたとわかる。

「潤香さん、どうして……？」

椿の侍女で濡れ女、ということしか凛は彼女について知らない。

いつもお人形のような無表情で佇んでいる潤香が、自らの死を願うに至った経緯が気になった。

「う……」

伊吹の腕の中で、潤香は苦しそうに眉間に皺を寄せながら小さな呻き声を上げている。意識が朦朧としているようだった。

「凛。とにかく一度、俺の屋敷に連れていって潤香を休ませよう」

「そうですね……」

潤香を抱えながらの伊吹の提案に、凛は頷く他なかった。

「いいんですもう。いいんですよ、私なんて。あのまま死なせてくれればよかったのに。だって私にはもう生きている意味なんてっ。生きている意味なんて、ないんですからあああ！」

伊吹の屋敷の茶の間で、さめざめと涙を流しながら潤香は声を張り上げた。

伊吹と凛が潤香の自殺を目の当たりにし、助けた彼女を屋敷まで連れてきた後。

しばらくの間、潤香を客間で寝かせて休ませていたが、彼女は起きてくるなり凛と伊吹、鞍馬がいる茶の間にやってきて、こうして号泣し始めたのだ。

なお、国茂は繁華街に食材と日用品の買い出しに出ていて不在だ。

泣き喚くほどの元気があるのはよかった。一歩間違えれば死んでしまうところだったのだ。

だが、それにしても。

「な、なんか君キャラ変わってない……？　いつもはもっとこう、静かに澄ましてる感じだったじゃん？」

鞍馬が引きつった笑みを浮かべている。

ちょうど同じように凛も考えていた。常に感情を表に出さず、しずしずと椿の命に従っているイメージしかない。

そんな潤香の豹変ぶりに、やはりのっぴきならない事情があるのだろうと思わされた。

「……ふむ。九尾島で天敵の猛禽類に襲われていた時も、珍しくうろたえていた様子だったが。あの時の非ではないくらいに心が乱れているな。自殺なんて試みて、いったい君になにがあったのだ？　椿は一緒ではないのか」

神妙な面持ちで伊吹が尋ねると、潤香はとめどなく涙を流したまま俯いた。

「わっ、私はっ！　もう椿さまのお付きではありません……」

「なんだと？」

「解雇されましたぁ……。つ、椿さまに。ううっ……」

伊吹の問いに嗚咽《おえつ》交じりに答えた潤香だったが、その内容に凛は衝撃を受ける。

「解雇された⁉　いったい、どうして……？」

伊吹に聞いた話だが、九尾島では潤香が天狐城に潜入捜査をしてくれたことが凛や八尾を救う足がかりになったのだという。

そんな潤香の働きを椿は大層褒めていたそうで、『椿がいけ好かない男なのに変わりはないのだが、潤香に対しての優しい振る舞いには少し認識を改めさせられた。少しだけど』と伊吹も話していた。

ふたりにはよい主従関係が結ばれているのだろうなと凛が思った矢先の今回の出来事に、驚きを禁じ得ない。

「仕方ないのです。私は最期まで椿さまのおそばにいたかったのですが……。椿さまは誰よりもお優しいお方。私につらい思いをさせないよう、前もって解雇したのでしょう。ですが、椿さまがいない世界など私にはなんの意味もありません。だから私も命を断とうとしたのです」

話しているうちに落ち着きを取り戻してきたらしい。潤香の口調は次第に淡々としてきた。

「……待て潤香。今『最期まで』という言葉があったな。それはどういう意味だ？」

真に迫った様子で伊吹が尋ねると、潤香は重苦しそうに口を開く。

「そのまんまの意味でございます、伊吹さま。椿さまはもうすぐ、この世から消えてしまうのです」

「椿さんがこの世から消える……!?」

その答えが信じられず、凛は掠れた声を漏らす。

潤香の自殺未遂に、もうすぐ訪れるらしい椿の死。次々と放り込まれる衝撃の展開に頭が追いつかない。

「今『この世から消えてしまう』と君は言ったな。その表現は、病死や自死とは違うようだ。改めて尋ねるが、それはどういう意味だ？」

冷静沈着な伊吹は、潤香の言葉尻をしっかりと捉えていた。

椿が死ぬ!?としか思えなかった凛だが、確かにその通りだ。『消えてしまう』という潤香の言い回しは、確かに引っかかる。

しかし潤香は俯いたままこう答えた。

「それは申せません。椿さまの事情については内密にしろと命じられております。口外するわけにはいきません」

弱々しい声音だが、強い意志は感じられる。椿に忠誠を誓っている彼女らしい。

「えっ、でもさ。椿はまだ消えてないんでしょ？」

「はい。椿さまはまだご健在のはずです」

「事情を知れば俺たちが椿を助けられるかもしれないじゃん。だからそう言わずに話してよ、ね？」

優しく諭すように潤香を促す鞍馬。

『椿を助けられるかも』という鞍馬の言葉に、潤香の心は揺れたのだろう。顔を上げた彼女の瞳には逡巡《しゅんじゅん》の色が浮かんでいる。

「しかし主の秘密を漏らすわけには……」

ためらいがちに潤香は言葉を紡いだ。凛はそんな潤香の肩をぽんと優しく叩くと、柔らかく微笑んでこう告げた。

「でもあなたは椿さんにすでに解雇されているんでしょう？　もう椿さんはあなたの主ではないわ」

「それはそうですが……」

「私は椿さんを怒っているの。女の子をこんなに泣かせて、自殺まで考えるような仕打ちをするなんて。そんな椿さんの思い通りにさせるのは癪じゃない？　逆らってみましょうよ。彼が消えないように」

凛の言い分にハッとさせられたらしく、潤香は目を見開く。そしてしばしの間無言になった。なにか思考を巡らせているようだった。

そして潤香は意を決したような真剣な面持ちとなり、口を開いた。

「『最強』の鬼の若殿と、夜血の乙女。伝説級の存在のあなた方だったとしても、どうにかできる問題ではないとは思います。ですが私はやっぱり椿さまに消えてほしくない。藁《わら》にでもすがる思いで、事情をご説明させていただきます」

そう切り出した潤香の話の内容は、牛鬼にかけられた呪詛《じゅそ》についてだった。

椿は牛鬼という、半分は牛、半分は鬼であるあやかしだ。

鬼に近い種族ではあるが、個体数が少ない牛鬼はその生態について一般的にはよく知られていない。

博識な伊吹ですら、牛と鬼両方の性質を持つあやかしということしか把握していないそうだ。

それもそのはず。牛鬼は時代ごとに一体しか存在できない稀有《けう》なあやかしなのだと潤香は言う。

その牛鬼が息絶えると、無から新たな牛鬼が誕生する。

牛鬼は血縁者を持つのを許されない、生まれながらにして孤独を定められたあやかしだった。そしてその存在自体に恐ろしい呪いがかかっている。

彼らは稀《まれ》に発作を起こし、牛の姿に変化してしまう時がある。しかし牛の姿とはいっても、動物のそれとは大きく異なっていた。漆黒の丸い胴体に、昆虫のような六本足が生えた様は、まさに異形そのものだった。

発作が治まれば元の人型のあやかしに戻るが、成長と共に発作の頻度が徐々に増加していく。

いつしか牛鬼は異形の獣の姿でしかいられなくなってしまうのだという。そしてその時を迎えた牛鬼は、理性もそれまでの記憶もすべて失い、ただの獰猛《どうもう》な獣へと成り下がってしまうのだった。

また、恐ろしいことに牛鬼は自死すら許されていない。さらに誰かにその命を刈り取ってもらうのも。

寿命が訪れるよりも前に牛鬼が体に傷を負うと、どんな致命傷でも一瞬で完全回復してしまう。それも呪いの一部だった。

つまり牛鬼は、畜生へと変化する運命から逃れるのも不可能なのだ。

牛鬼は生まれた瞬間から、いつか醜悪な猛獣へと自分が変わってしまう行く末を恐れながら、一生を生きていく。

そしておぞましい牛の姿へと変化した後は、ただ寿命が尽きるまで深い森の中で獣やあやかしを食らって過ごすのだ。

そんな世にも恐ろしい呪詛が、牛鬼という存在にはかけられている。

夜血の乙女の血液には呪いを解く効果があるが、椿が以前に手に入れた凛の血で試したところ解呪には至らなかったそうだ。

「まさか、そんな恐ろしい秘密が椿さんに隠されていたなんて」

いつも飄々としていて、女性に見紛うほど美しい椿。意味不明な行動も多くて、凛は彼を不気味に感じていた。しかし牛鬼の詳細を知った今、不思議とそんな印象は消滅した。

こんな運命を抱え、よくあんなふうに終始笑みを浮かべられるものだ。驚嘆すべき心の強さである。

「牛鬼にかけられた呪いか……」

　さすがの伊吹も衝撃を受けたらしく、動揺している様子だった。鞍馬もぽかんと口を開けている。

「はい。それで椿さまはこの呪いを自分の代で終わらせる方法を考えました。そして八尾さまにたどり着いたのです。彼の神隠しの力で、自分を消滅させると」

「そうか、八尾に……。なるほどな」

　潤香の説明に伊吹は納得したようだったが、凛は腑に落ちない。

「神隠しって、確かあやかしや人間を別の場所に飛ばして消したように見せるって能力だったと思うのですが。それだと体が移動しただけで、椿さんは消えたことにならないのでは？」

　天狐の血を引く八尾や桂が持つ神隠しの力は、確かそんな効果だったと凛は認識していた。

　八尾が玉藻に神隠しの術をかけた時に『あやかしも人も住めないような異空間や、時代を超えて飛ばされちまう場合だってある』と話していた。例え異空間や違う時代に追いやられたとしても、その存在自体が消えるわけではないはずだ。

「……凛。八尾は代々の天狐の中でも類まれな才の持ち主でな。実は、あいつにしか使用できない上位の神隠しの術があるのだ」

「上位の術って？」

鞍馬も知らなかったらしい。

「八尾が使用できるのは、ただの肉体の移動ではない。存在そのものを消滅させられるのだ」

「存在そのものを、消滅……？」

なんだかとても恐ろしい表現に聞こえ凛がたどたどしく言葉を紡ぐと、伊吹はゆっくりと頷いた。

「肉体だけではない。存在そのものの消滅とは、この世にいた痕跡が完全になくなるということを意味する。そうなると、すべての者が椿というあやかしの存在を忘れてしまう。もちろん俺たちも、椿を慕う潤香でさえも」

「マ、マジ……!? そんなやべえ術があんのかよ……！」

鞍馬は面食らった様子だった。凛も驚きのあまり、しばしの間言葉が見つからない。

すると潤香が、暗澹《あんたん》たる面持ちで口を開く。

「先ほど申しました通り、椿さまは寿命を迎える以外涅槃《ねはん》に入ることができません。そして椿さまの死後、必ず新たな牛鬼が誕生してしまう。その血塗られた運命から逃れるためには――」

「椿は自分の存在そのものをこの世からなくす他ないと考えたというわけだな。確かにそれならば、呪いの連鎖を断ちきれる。だが、しかし……」

潤香の言葉に続けるように補足した伊吹だったが、歯がゆそうな顔をしている。

日頃から椿を好ましくは思っていない様子の伊吹。だがこんな運命はあんまりだとやるせない思いを抱いているのが、凛には手に取るようにわかる。

「私の血……夜血でも牛鬼の呪いは解けなかったのですよね。妖狐の誘惑も樹木子《じゅぼっこ》の呪いも解けたのに……」

以前、『神の草』とも言わしめられている樹木子が所以の呪いにかけられた、知り合いのあやかしがいた。

そのあやかしは狛犬《こまいぬ》で、人を食わない種のはずなのに人肉を求め暴れ回るという、なかなか厄介な呪いだった。

しかしその身に凛の血を数滴垂らしたら、嘘のように呪いが解けたのだ。

伝説級の樹木子の呪いさえ解呪できた夜血が牛鬼の呪いには効果がなかったのはいったいなぜなのだろう。

「おそらくですが、牛鬼にかけられた呪いに、古代の夜血の乙女が関わっているからではないかと」

潤香の回答に、驚愕のあまり凛は絶句する。

――古代の夜血の乙女が牛鬼の呪いに関わっている……!? 私よりずっと前の鬼の花嫁が?

「潤香。それはいったいどういう意味だ」

言葉を失っている凛の代わりに、伊吹が冷静な口調で問う。

聡明《そうめい》な鬼の若殿は、夜血では解呪できなかったと聞いた時に、すでに過去の夜血の乙女が関わっていると推測していたのかもしれない。

「千三百年前の鬼の若殿によって、牛鬼に呪いがかけられたそうです。そしてその時の夜血の乙女が関係しているとか……。申し訳ありません、私も詳しくは存じません。椿さまが時々呟いていた断片的な言葉から推測しただけですので」

「そんな昔の鬼の若殿と、夜血の乙女が……。詳細がわからないままでは呪いを解く手がかりも見つけられないな。まずはそれを知る必要があるだろう」

潤香は頷いた。

「左様でございます。椿さまならすべてをご存知であるはず。牛鬼は、呪いをかけられた時の記憶を代々引き継いでいるはずですから」

「……うげ、どこまでも悪趣味な呪いだなあ。呪いをかけられちゃった奴は、そん時の鬼の若殿にいったいなにをしたんだろう?」

鞍馬が顔をしかめて嫌悪感を露わにする。凛も同じことが気になった。

未来永劫《えいごう》絶えない恐ろしい呪いをかけられたあやかしは、いったいどのような経緯でそんな状況に陥ったのだろう。

――きっとそれも椿さんに聞けばわかるのね。

椿が素直に話してくれればいいが。自分を慕う潤香すら解雇しこの世界から消えようとしているのだから、凛や伊吹が聞いたところで突っぱねられる可能性も高いだろう。

だがそれでも、まずはすべてを知っている椿の元を訪れないと前進できない。

「潤香さん。椿さんは今どこにいるんですか？」

「八尾さまが存在の消滅の秘術を使えるのは、新月の逢魔《おうま》が時《とき》のみです。まだ数日ありますが、それまでの間はやり残したことを行うと椿さまはおっしゃっていました。……私を解雇する直前に、とりあえず獏《ばく》の伯奇《はくき》さまの元へでも行ってみるかと呟いていた覚えがあります。おそらくまだそちらにいらっしゃるのではと」

幸い、伯奇とは凛も見知った仲だ。

夢を食らう獏である彼は、御朱印が欲しいと頼み込んだ凛に悪夢を見せる試練を与えてきた。その悪夢に見事に打ち勝った凛は伯奇から『凶夢《きょうむ》』の御朱印を賜り、彼と魂の同胞となった。

凛の妹をはじめとした人間たちがあやかしに誘拐された時には、伯奇も人間の救出のために手を貸してくれている。

「伯奇は夢を食らう他に、夢占いや他者の夢に入り込めるなど、夢を操るスペシャリストだ。ひょっとしたら椿は、伯奇の能力で自分の呪いをどうにかできないか相談しに行ったのかもしれん」

「……なるほど」

確かに夢の力でなんとかする方が、存在の消滅よりはよっぽどよさそうだ。

「まあ夜血でも解呪できない最凶クラスの呪いだ……。おそらく望み薄だがな。椿もそれがわかっているのだろう。八尾が行える存在の消滅まで時間があったから、ダメでもともとという心境だろうな」

伊吹が浮かない顔で言う。

椿のそんな心情を想像すると、凛はますます重苦しい気分になった。

千年以上も続く恐るべき呪詛。自身の消滅以外は、今のところ逃れる術《すべ》はないというおぞましさ。

でももし他に呪いを解く方法があるのだとしたら、それを見つけ出してなんとしてでも椿が消えるのを阻止したい。

理知的な椿ですら、解呪を諦めたのだ。伊吹と凛が骨を折ったところで、結果は変わらないかもしれない。それでも事情を知ってただ見過ごす気にはなれなかった。

まだ調子の悪そうな潤香は鞍馬に任せ、凛は伊吹と共にすぐに伯奇の元へ向かった。

伯奇の住処は、人里から遠く離れた山奥の洞窟内だ。豆電球がいくつか天井から吊るされた薄暗い通路を進むと、木製の扉があった。

扉の脇に備え付けられた、モニター付きインターフォンのボタンを押した直後、

「はい……。あ、君たちか。開けるよ」と声が返ってきた。

他者の夢を食らう獏は、自身も睡眠を取ることを好んでいる。前回凛と伊吹が訪れた時も彼は眠っていたようでしばらくの間応答はなかったし、いつも眠り足りなそうな半開きの目をしている。

だから凛は、インターフォンのスピーカーから伯奇らしき声が聞こえてきたのが少し意外だった。

――あの伯奇さんが起きていたってことだよね。もしかして、椿さんが来ていて相手をしていたから？

「やあやあ。伊吹に凛ちゃん、いらっしゃい。とりあえず入ってよ」

玄関の扉が開いて中から出てきたのは、もちろん家の主である伯奇だった。彼は凛たちを畳敷きの客間に通した。

するとすでにその中で、少し困ったように微笑みながら座布団の上に座っていたの

は。

「あー、潤香に会ったのかい？　ここに来たってことはそうなんだろう？　もっと真面目に口止めしとくんだったなあ」

椿だった。

「伯奇、俺たちはそこの牛鬼の野郎に用があってな。……おい椿。潤香はすでにお前から解雇されているだろう。もうお前に義理を立てる必要はないんだよ」

伊吹が忌々しそうに告げると、椿は笑みを崩さず眉だけひそめる。

「あー、まあ確かにそうだな。……はは。潤香にとって俺は契約上の主に過ぎなかったってわけか」

珍しくどこか寂しげな顔をする椿。

伊吹が話していたが、椿は潤香にだけは気を許しているような素振りがある。

「違いますよ椿さん。潤香さんはあなたを心から慕っているから、私たちにあなたの事情を話してくれたのです。椿さんを牛鬼の呪いから救う方法をなんとしてでも見つけたくて」

凛の言葉を聞いた椿の瞳に、一瞬戸惑いの色が浮かんだように見えた。しかしすぐになにかを諦めたような微笑みを浮かべる。

「ふーん。で、おせっかいな君たちは俺のところにやってきたってわけか。相変わらず馬鹿みたいにお人好しな夫婦だねぇ」

「おいおい椿。君を心配して来てくれたんだから、そうケンカを売るなって」

それまで傍らで会話を聞いていた伯奇が、呆れたような顔をして椿を緩くたしなめる。そして伊吹と凛の方に向き直った。

「椿の事情は俺も聞いているよ。なかなか……いや、俺が知っている中で最悪な呪いがかかっているようだねぇ」

「まあね。聡明な俺でもお手上げだからね」

得意げに椿が言う。いつもと同様の飄々とした雰囲気は、おぞましい呪いがかかっている本人とは思えない。

──でも今までは私たちが知らなかっただけ。私と出会った時から……いいえ、出会う前からずっと、椿さんは呪いに苦しんでいたはず。

それでも常に余裕のある笑みを浮かべている椿の心の強さに、凛は改めて尊敬の念を抱く。

「そういうわけで椿は、八尾の神隠しの力で自身の存在を消滅させてもらうのを決めたって話だ。だけどその前に、獏である俺の凶夢を見せる能力でどうにかならないかって、ダメ元でここに来たってわけだよ」

「凶夢を見せる力……。なるほど、凶夢を椿に見せ、伯奇がその夢を食らおうとしたのだな。そうすれば椿は、一生目覚めず幸福な夢の中で過ごせる」

伊吹の言葉に伯奇は頷いた。

伯奇が対象に見せる凶夢は、その者にとってもっとも克服すべき事柄が現れる。夢の中では克服すべき事柄に相反した幸福な光景が広がり、『ずっとこの夢の中にいたい』と望んでしまうような内容になる。そして対象が夢の世界に居続けることを望んだ瞬間、伯奇はその夢を食らう。すると夢の主は一生目覚められなくなる。

ただの幻影に過ぎない夢の中で生涯を過ごすという恐ろしい仕組みだった。

凛も過去に伯奇に凶夢を見せられたことがある。人間界で長年自分を虐げていた家族が、とても優しく凛に接するという夢だった。

両親が自分に向かって微笑みかけ、楽しそうに誕生日パーティーを開いてくれた夢に、確かに凛は幸せを感じた。

しかし、両親は自分の代わりに妹の蘭を虐げていた。その光景に嫌悪感を抱いた凛は自分が今夢の中にいると気づき、凶夢の試練を克服できたのだ。

だがもし伊吹と出会う前にあの夢を見せられたら。さすがに妹への虐待に加担はしないが、あの夢の世界で暮らすことを望んだかもしれない。それほどまでに、仲のいい家族を凛は渇望していた。

今考えても凶夢というシステムはおぞましい。心に少しでも隙があれば、きっと抗うことはできないだろう。

試練の後に伯奇に聞いた話だが、この凶夢の仕組みを知った上で伯奇に夢を食べてくれとすがりに来る輩も珍しくないのだという。

「つまり椿さんは、伯奇さんに凶夢を食べてもらって、一生を夢の中で過ごそうと考えたわけですね？」

察した凛がそう尋ねると、椿は頷いた。

「その通りだよ凛ちゃん。こんな俺だって存在の消滅は怖いからさあ。ずっと幸せな夢を見て眠ったまんまの方がマシじゃんって思って。眠っている間は仮死状態になるから、老化は起きないって話だし。つまり俺の呪いも進行しないってわけ」

「うん、そのはずだ。まあそれでも、いつかは衰弱して死んでしまうんだけどね」

椿の答えに伯奇が補足する。

確かに存在を消されてしまうよりは、眠りについたまま幸せな幻影の世界に身を置いた方がずっといい。自分が椿の立場でも、同じ道を選んだだろう。

「……だが、どうやら目論見は外れたようだな？」

伊吹が重々しい口調で尋ねると、椿は大げさにため息をついてからこう答えた。

「そうなんだよ。実はさっき試してもらったんだけど、牛鬼にかけられた呪いが強すぎて、伯奇はうまく俺の凶夢を食べられなかったんだよね～」

「いやー、本当に申し訳ない。だけどあんなもん食ったら俺の方が死んじまうよ。夢が呪いまみれで、ありゃはっきり言って毒だ」

ぽりぽりと頰をかきながら、伯奇がばつが悪そうな顔をした。

伯奇も椿に負けず劣らずマイペースで我が道を行くあやかしだが、そんな彼が謝罪しているのだ。大変遺憾に思っているに違いない。

「まあそんな予想はついていたが。伯奇の力でもダメだったとは……。本当に強力な呪いだな」

「そうなんだよ。まあ、今まで四方八方手を尽くしたんだけど解呪の手がかりすら見つけられなかったから、無理だろうなとは俺も予測してたよ」

伊吹の言葉に、苦笑いを浮かべて椿が答える。すでに自身の消滅を覚悟しているから、そんなに潔いのだろうか。

すると伊吹は椿をまっすぐに見据え、神妙な面持ちをして口を開く。

「だからお前は今まで凛に変につきまとっていたのだな。百年に一度の割合でしか生まれない、夜血の乙女である凛に」

椿が不敵に微笑む。

凛は今までそんなこと頭にもなかったが、伊吹の言葉を聞いてハッとさせられた。

――そっか。きっと私の存在や夜血に、自分の呪いを解く効果があるんじゃないかって椿さんは考えたのね。

「ご明察。牛の獣に成り下がる前に夜血の乙女と出会えたのは幸運に思えたよ。だから俺は凛ちゃんが欲しかった。例えば代々の鬼の若殿のように、夜血の乙女を妻に迎えられれば解呪できるんじゃないかとか。凛ちゃんを食べてしまえばいいんじゃないかとか。最初はいろいろ考えたよ」

「……！」

椿の考えが想像以上に恐ろしい内容だったため、凛は戦慄する。

しかし思い返してみれば、出会った当初の椿は凛を食べようとしているような、あるいは男女の関係を望んでいるような、そんな素振りを見せていた覚えがある。最近はそういう行動はあまりなかったが。

「だけどさ。君たちべたべたしすぎなんだよ。ああもう腹が立つ。伊吹のところに無理やり連れてこられた夜血の乙女って感じなら、俺がどうこうしても別にいいかなって思ってたんだけど。さすがにこんなバカップルの仲を引き裂くのは性に合わなくてね。だから凛ちゃんを俺のものにするって計画は早々に諦めたってわけ」

「椿さん……」

『椿さまは誰よりもお優しいお方』と潤香が言っていたのを凛はふと思い出した。それを聞いた時は『まあ、なんだかんだ私を助けてくれたことはあるけど。優しい……？』と半信半疑だったが、潤香の言葉に違いはなかったのだと実感させられた。

「ちょっと凛ちゃん、なんか俺を見直したみたいな顔キモいからやめてよ。凛ちゃんをどうこうしても呪いは解けないような気がしたからやめたって方が大きいから。別に伊吹と凛ちゃんのためじゃないし。勘違いしないでよ」

「あ、はい。わかりました」

不快そうな椿に素直に答える凛だったが、悪態ももはや照れ隠しにしか見えない。

一方で伊吹は椿のそんな話には興味を示した様子もなく、相変わらず深刻そうな顔をして口を開いた。

「まあ椿の言う通り、凛の存在は牛鬼の呪いを解くきっかけにはならなかっただろうな。潤香からすでに聞いているが、お前が凛から奪った夜血も呪いにはまったく効果がなかったようだし」

「そうなんだよ。夜血の乙女の体内で、もっとも聖なる部分でもてんでダメだったから、つまりそういうことだったんだろうねえ」

言い終わった後、椿は深く長く嘆息した。

彼なりに手は尽くしたようだが、もはや八方ふさがりの状態だ。もう自身の存在の消滅しか道はないのだという思考に陥っているだろう。

――だけど私は椿さんに消えてほしくない。

「椿さん。潤香さんから、千三百年前に牛鬼となった者が当時の鬼の若殿に呪いをかけられた時の状況を椿さんは知っているんだって聞きました。牛鬼にはその時の記憶が代々受け継がれているんだって。記憶について、私たちに話してくれませんか？」

申し出る凛だったが、椿は露骨に顔をしかめた。

「毎晩嫌でも当時の夢を見る呪いがかかっているから、その時の出来事は事細かに知ってるよ。だけど正直話すのが面倒だな。君たちに説明したところでたぶんどうにもならないしさ」

投げやりな口調の椿。諦めてしまいたくなる気持ちは十分にわかる。

「それでも解呪につながるなにかがわかるかもしれないだろう？　そうは言わずに聞かせてくれないか」

「だから面倒くさいんだってば。いい加減、そろそろ俺なんてほっといてくれない？　本当におせっかいな奴らだね」

伊吹が食い下がるも椿はとうとうそっぽを向き、畳の上に寝そべってしまう。

しかし彼は発狂してもおかしくない状況にいるのだ。ふてくされるだけで済んでいることに、やはり心の強さを感じる。

だが呪いをかけられた時の状況を聞かない限り、もう打つ手がない。いったいどうしたものかと凛が悩んでいると。

「あー、じゃあこういうのはどう？　俺の能力のひとつに、他人の夢に入り込むってのがあるんだけど。それで伊吹と凛ちゃんが椿の夢の中に入るんだ。そうすれば千三百年前の状況がわかるだろ？」

伯奇の提案は願ってもないものだった。

「私たちも他人の夢に入れるんですね……！　でもそれなら椿さんは寝ているだけでいいのでまったく面倒ではありませんよね⁉」

凛が嬉々として伯奇の案に乗るも。

「……しかし大丈夫なんだろうな？　俺たちが椿の夢の中から出られなくなるなんてことはないだろうな……？」

慎重な伊吹は不安を口にする。

凶夢の試練の時に、『一生目覚めなくなる可能性がある』という詳細を聞かずに眠らされたのを少し根に持っているらしい。

「いやいや。もう凛ちゃんと俺は魂の同胞なんだから、そんなわけないじゃんか……。俺を信じてよ」

伯奇が苦笑を浮かべて答えると、伊吹も納得したようだった。

「それもそうだな。というわけだ。椿、構わないな？」

「……勝手にすればいいんじゃない」

椿はそっぽを向いたままぼそりと呟く。

この状況でその答えは、もはや了承と受け取っていいだろう。許可を得られなくてもなんとかして行うつもりだったが。

「じゃあ決まりだね。夢の中では、伊吹と凛ちゃんは透明な存在になる。夢に出てくる人物たちから見えないし、声も聞こえない。つまりただ傍観することしかできないからね。簡単に言うと夢の中で行動を起こしても状況は変えられないってわけ。まあ夢の中でなにか変わったとしても、過去に実際に起こった出来事だから結局意味はないんだけどさ」

「ああ。当時の出来事を知りたいだけなので構わない」

伯奇の説明に承諾する伊吹の傍らで、凛も頷く。

すると「じゃあ早速始めよう」と伯奇は告げ、凛にはよく聞き取れない呪文を詠唱し始めた。すぐに寝そべっている椿の方から規則正しい寝息が聞こえてくる。

かと思ったら、凛の意識も徐々におぼろげになっていった。そしてそのままだんだんと、普段眠りに落ちる時のような心地よさを覚えながら意識を手放したのだった。

凛が目を覚ました場所は、薄暗い部屋の中だった。大きな窓はなく、天井近くの小さな明かり取りからわずかに日光が差し込んでいた。

照明器具は見当たらない。千三百年前の世界らしいから無理もない。

しかしろうそく一本すら置いていないとは、この部屋はいったいどういった場所なのだろう。

そんなふうに凜が思っていたら。

「……怖い。助けて……。ここから、出して……」

どこからともなく、か細い声が聞こえてきた。

どこから？と一瞬考えた凜だったが、すぐにそれが自分の口から発せられた言葉だったと気づく。

――どういうこと？　だって確か伯奇さんは、夢に入った私と伊吹さんは透明な存在となるから、声は出せないって説明していたのに……。

誰からも認識されず、夢の世界にはいっさいの干渉ができない存在であるはず。

しかし凜はその場所に実体を持って存在していた。手も足も透明ではなかったし、さっきは声も出していた。

訳がわからない凜だったが。

（怖い。あの人……いいえ、鬼がもうすぐ来てしまう。鬼の若殿が）

頭の中にひどく怯えた女性の声が聞こえてきた。

自分の声とはまるで違う。そういえばさっき、自分の口から出たはずの声も凜のそれとは異なっていた。

――この人は私じゃない……!?

どうやら凛の意識は、誰か他の人物の中に入り込んでしまったらしい。伯奇からはそんな説明はなかったため、イレギュラーな事態なのだろう。

そして凛は自分の意識が入ってしまった女性の正体を一瞬で把握した。

――この人はさっき、もうすぐ鬼の若殿が来るって言っていた。だからたぶん……千三百年前の夜血の乙女に違いないわ。

時代は違えど、凛と彼女は同じ血を持つ同一の存在。そんな偶然から、凛の意識が彼女の中に入ってしまったのかもしれない。

そう理解した瞬間、千三百年前の夜血の乙女の意識と凛の意識が重なった。凛は瞬時に彼女の置かれている状況を理解させられる。

彼女の名は静《しずか》。ある日あやかしに襲われて怪我をした時に、彼女の血の匂いを嗅ぎつけた鬼の若殿によって、自身が夜血の乙女であると言い渡された。

夜血の乙女は鬼の若殿に花嫁として献上されるのが、太古からの習わし。すぐに静は鬼の若殿――阿久良王《あくらおう》に捧げられた。

しかし阿久良王は、気性が荒い鬼として人間界でも悪名高いあやかしであった。人を食らう習性がない鬼だから人間を襲うことはないようだったが、気に入らないあやかしを見せしめるように殺したり、自分に楯突《たて》いたあやかしを種族ごと滅したりという噂は人間たちにも届くほどだった。

また、阿久良王の恐ろしさに拍車をかけている要素があった。彼の外見だ。

阿久良王は生まれつき顔の左半分に醜い痣があった。凹凸の激しいひどくただれたその部分は、まるで虫が食い荒らしたかのように見えるほどおどろおどろしかった。

元来、鬼は美しい容姿を持つ。阿久良王も痣のない右半分の顔は彫刻のように整っていた。しかし左半分の禍々しい痣とのあまりの違いが、皮肉にも外見のおぞましさを助長していたのだった。

阿久良王が有名だったため、迎えられる前から静は彼を存じていた。

そして阿久良王は噂通りの恐るべきあやかしだった。夜血の乙女として彼に捧げられ、ただ怯えることしかできない静に、『なにをそんなに怖がっている……！　陰気臭い女め』と激高し、この暗がりに閉じ込めたのだ。

（きっと阿久良王は、怖がる私を見て楽しんでいる。それに飽きたら、きっと私の血をすべて吸ってしまうのだわ）

恐れおののいている静の感情が、凛にもなだれ込んでくる。静の中に意識だけある状態の凛は、自らの意志では声を発せられず、体も動かせない。

——これは椿さんの夢の中だけど、千三百年前に起こった本当の出来事。過去は変えられないし、結局私は見ていることしかできない……。

ひとりすくみ上がっている静があまりに不憫《ふびん》で、なにかできないかと一瞬考えてしまったが、傍観しか許されていない凛は結局この状況に身を任せることにした。

すると部屋の扉がおもむろに開き、静は「ひっ」と喉の奥で悲鳴を上げると、その場で床に頭をこすりつけて平伏した。

――この静さんの怯えようは……。阿久良王さんが来たのかな。

「……お前。なにを地べたにへばりついている」

扉の方から怒りで震えているような男性の声が聞こえてきた。

伊吹の透き通った声にどことなく似ている。千三百年も時を隔てているとはいえ、伊吹と阿久良王は鬼の若殿という同一の存在だからだろうか。

自分の頭の中に入り込んできた静の意識によって凛は阿久良王の顔を認識していたが、彼が今どんな表情をしているのかこの目で見たかった。

しかし静はいまだに頭を垂《こうべ》れたままであり、彼女の体は凛の意志では動かせないので、阿久良王のご尊顔を拝むことは叶わない。

「阿久良王さまっ。お許しくださいっ。ど、どうか命だけはっ。なんでもいたしますから……！」

（とうとう私の血を吸いに来たのかもしれない……！　怖い怖い怖い！）

静の強い恐怖心が、凛にとめどなく流れ込んできた。

――阿久良王さんが噂通りの非道なあやかしなら、静さんがすくみ上がっても仕方ないよね……。

静の気持ちに共感する凛だったが。

「だから俺は血など吸わぬと申しておるではないか……！」

阿久良王はやるせなさそうに声を上げた。想像とはまったく違った彼の振る舞いに、凛は『おや？』と意外に思う。

「申し訳ございません申し訳ございません……！　ど、どうか私にご慈悲をっ」

しかし阿久良王に対し恐れ以外の感情を抱いていない静には、彼の言葉など届かないようだった。

(助けて。血を吸わないで。殺さないで。私をあなたから解放して)

そんな悲痛な叫びばかりが凛の内部にこだまする。

その後も阿久良王が「いいから頭を上げよ！」「お前はそう怯えてばかり……！」などと声をかけるも、静は土下座したまま命乞いをするだけだった。

「……ちっ」

態度を改めない静に苛立ったのだろう。阿久良王から舌打ちのような声が聞こえた後、乱暴に部屋の扉が閉まる音が響いてきた。

そして扉の外で足音が数秒間聞こえてから、部屋は静寂に支配された。

恐る恐る静は顔を上げる。阿久良王の姿はなく、気が抜けたらしい静はその場にへたり込む。

——阿久良王さんは『血など吸わぬ』って言っていた。怯えている静さんに苛立っているようだったけど、もしかしてもっとちゃんと話したいのかな？

しかし恐怖に支配されている静に話し合いの余地などないし、阿久良王は阿久良王で言葉がきつい。もっと優しく語りかければ静の心も落ち着くだろうが、気性が荒いと噂の阿久良王なのであれが限界なのだろうか。

阿久良王の意外な言葉の数々に凛がそう考えていると、今度はコンコンと部屋の扉を叩く音が聞こえてきた。すると凛の心に静のこんな声が流れてくる。

（早良《さわら》さん……！　会いたかった）

途端に静が安堵と胸のときめきを抱いたのを凛は感じた。

静が「はい……！」と昂《たかぶ》る気持ちを抑えながらも返事をすると、扉がするすると開く。そして入ってきたあやかしを見て、凛は驚愕した。

——椿さんにそっくり……！

煌びやかな銀髪に、同色の光り輝く切れ長の瞳。一見女性に見紛うほど繊細に整った顔立ち。

そう、その美しい青年は凛もよく知っている牛鬼である椿と瓜《うり》ふたつだったのだ。

——ということは。彼が阿久良王さんに呪いをかけられたあやかし？

この夢の時代から千三百年も経った現在でも続いている、おぞましい呪詛を。

「静さん。お食事をお持ちいたしました」

静に向かって優美に微笑みながら、粗末な食事をのせた盆を床に置く。

「あ、ありがとうございます……！」

頬を赤らめて静が礼を述べると。

「しっかりとお食べくださいませ。今朝も半分以上残していたでしょう。ここに来てからどんどんお痩せになっている」

早良は眉をひそめ、心配そうに告げた。

静から伝わる情報を整理すると、この早良という青年は阿久良王の手下の鬼で、普段は牛舎で牛に関わる仕事をしているらしい。また、静がここに連れてこられてからは彼女の身の回りの世話も任されているようだった。

「わかっております。だけど喉を通らないのです。私は明日にでも死ぬかもしれないのですから……」

「…………」

鬼の若殿は、献上した夜血の乙女を好きに扱っていい。

例え乙女の血をすべて吸いつくし絶命させたとしても鬼の若殿の勝手であり、誰からも咎められない。

そんな立場を不憫に思っているゆえ、早良もなにも言葉を返せないようだった。

すると震える静の肩に温かいものが触れた。なんと、早良が静を優しく抱擁したのだ。

「さ、早良さん……!?」

「僕は阿久良王さまの忠実な僕《しもべ》。あなたを助けることは叶いません。それが最近、とても腹立たしいのです」

静を抱き寄せたまま、耳元で歯がゆそうに早良は囁いた。

――このふたり。すでに想いを通わせている。

静が早良に惹かれているのは、彼が部屋に入ってきた瞬間に彼女の感情が大きく動いたため、凛はすでに把握していた。

しかしまさか、早良もだったとは。

だが夜血の乙女である静は、言うまでもなく阿久良王のもの。

愛し合う人間の女とあやかしを前に、凛に大いなる不安が押し寄せてくる。

その後、夢はさながら映画のダイジェストのように進んだ。まるで、凛にとって重要な場面だけを要約して見せるように。

阿久良王は時々静の様子を見に部屋を訪れるが、すすり泣いて命乞いをする彼女を怒鳴りつけるばかりだった。

ますます静は彼に対して畏怖の念を増大させていく。

一方で早良は、一日二度の食事を持ってくる際に毎回静を抱きしめてから帰るのだ。

そして、ついにふたりは接吻までしてしまった。

ふたりはとうとう決意する。この場所から逃げ出し、阿久良王の目が届かない遠い場所で共に暮らすことを。

訪れた逃亡の日。三日月の輝くある晩だった。

あの薄暗い部屋を出て早良に手を引かれて走る静の胸は、希望に満ちあふれていた。

阿久良王など忘れ、この優しく美しいあやかしと幸福になるのだと。

だが、ふたりが部屋を抜け出してものの数分の出来事だった。

「早良、静。ふたりでどこへ行くというのだ？」

牛舎の脇を走っていたら、厳かな声に呼び止められた。

びくりと身を震わせ、足を止める静。その聞き覚えのある声に、高揚していた気分が一瞬で絶望へと叩き落とされる。

「阿久良王、さま……！」

恐怖のあまり立ちすくむしかない静の代わりに、早良が震えた声を上げる。

ふたりの前には阿久良王が立ちふさがっていた。痣に覆われた顔の左半分からは感情を読み取れないが、右半分は無機質なほど冷たい表情をしていた。

——なんて悲しい瞳。

阿久良王が訪れると静はいつも這《は》いつくばってしまうため、凛は初めて彼の顔をこの目で拝んだ。

この状況に怒り狂っているのかと思いきや、空虚な瞳でふたりを眺める様は、なにかに打ちひしがれているようにしか見えない。

阿久良王は目にも留まらぬ動きでふたりに近づくと、まずは早良の首根っこを掴み、まるでゴミでも放るかのように近くに投げ捨てた。

阿久良王に抵抗する間も静を守る隙もなくやられてしまう早良。

——仕方がない。相手は鬼の若殿だものね……。

伊吹も、大抵のあやかしならば赤子の手をひねるかのごとく簡単にあしらえるのだから。

「あ、あ……」

愛する早良が一瞬でいなくなり、ひとり残された静は震えてへたり込み、阿久良王を見上げることしかできない。

するとそんな静に視線を合わせるように阿久良王は屈むと、悲しげに彼女を見つめたのだった。

「なぜ逃げる。俺は血など吸わぬと何回も申したではないか」

「い、いや！　こ、来ないで……。殺さないでっ」

静かな声で阿久良王は語りかけるも、彼に対して恐怖心以外の感情を持ち合わせていない静には届かない。しゃがみ込んだまま、少しでも阿久良王から離れようと後ずさるだけだった。

「だから殺さぬ！　お前は私に捧げられた夜血の乙女であり、花嫁なのだぞ！　だから、俺はお前を……」

言いかけた言葉を、阿久良王は途中で止めた。

──ひょっとすると、阿久良王さんは……。ううん、そうに違いないわ。

彼なりに静を愛そうとしていた。夜血などには興味がなく、彼女を最愛の花嫁として迎えようとしていた。この世に絶望していた凛を優しさで包み込んで寵愛してくれた、伊吹のように。

だが顔半分におどろおどろしい痣がある悪名高い阿久良王がまさかそんな優しさを持っているとは、静は露《つゆ》ほども思わなかったのだ。阿久良王がいくら『殺さない』『血は吸わない』と否定しても、彼の醜い顔を見れば恐怖心が募るだけだった。

阿久良王が中断したのは『愛そうとした』『伴侶として迎えたい』といった言葉だ

ろうか。

凛は想像したが、結局その先は聞けないだろう。

言葉にしたところで静の胸には響かない。阿久良王に虚しさが募るだけだ。

「いや、いや！　怖い怖い！　醜い顔を近づけないで……！　助けてっ、さ、早良さんっ。私と一緒になってくれるんでしょう……！」

恐ろしさのあまり、涙を流しながら静が絶叫する。

彼女の口から早良の名が出た瞬間、阿久良王の眉がピンと跳ねた。そしてみるみるうちに顔の右半分が憤怒の形相へと変貌した。

静が自分に怯えるだけならまだ許せた。自分から逃げ出そうと試みたのも。だが、他の男に想いを寄せているのには我慢ならなかったのだろう。

「……俺は何度もお前の血など吸わぬと申した。にもかかわらず、お前は『吸わないで』と懇願するばかりだったな？」

殺気立った低い声で阿久良王は静に告げる。それすら、錯乱して号泣している静には届いていないようだったが。

「さ、早良さん……！　助けてー！」

「否定しても否定してもそう言い続けるということは、逆にお前は血を吸ってほしいと望んでいるのか？　……ならば、ご所望通り吸ってやろう。吸いつくしてやろう。

お前の命が尽きるまで！」

「早良さ……うっ⁉」

取り乱して早良の名前を叫び続ける静の首筋に、阿久良王は歯を立てた。

「あ……あ……」

痛みと恐怖で静はか細い声を上げることしか叶わない。

彼女の中に意識を置いている凛も、吸血によってどんどん力がなくなっている感覚を覚えた。

(早良さん……。どうして、どうして……。私、あなたと……)

早良との幸せな生活を思い浮かべながら静の意識が失われたのを凛は感じた。

静の血を吸いつくした阿久良王は、彼女の体を無造作に放り投げる。静はどさりと地面に落下し、そのまま身動きひとつ取らなかった。

──静さん。もう死んでしまっている……。

意識を預けている静の体が徐々に冷たくなっていく。しかし静が瞳を開けたまま絶命したため、凛には阿久良王の様子が見えていた。

夜血を吸いつくした阿久良王の体には変化が起こっていた。

頭頂部に生えた見事な二本の角は、吸血の前にはなかった。瞳は禍々しいほどの紅に染まり、肉食獣のようにとがった牙が唇からはみ出している。

伊吹も凛の夜血を吸うと、角が生えたり牙が伸びたりといった本来の鬼らしい容姿になる。しかし伊吹が鬼化した時よりも、今の阿久良王はずっと恐ろしかった。

右半分の顔面は真っ赤な色に染まり、これでもかというほどに吊り上がった目は、般若さながらの面立ちになっていた。さらに「フーッフーッ」という荒い息を漏らしている。

吸った夜血の量が多いため、そのような変化になっているのか。それとも単純に静に対する怒りの感情が強いからか。

阿久良王は先ほど投げ捨てた早良の衿首《えりくび》を掴むと、軽々と持ち上げた。

早良はまだ生きているようで、眉をひそめて「ううっ……」という小さな呻き声を上げている。

顔をしかめていても、月明かりに照らされた彼は皮肉なほどに美しかった。阿久良王の左半分の顔を支配するおぞましい痣と、まるで相反するように。

「貴様のように俺が美しければ。俺の顔にこんなに醜い痣などなければっ！　静は、俺を……！」

早良を掴み上げながら、阿久良王は悲痛な叫びを上げる。その時、傍らの牛舎から牛の鳴き声が聞こえてきた。

すると阿久良王はしばしの間黙考したのち、不気味に含み笑いをした。

「く、くくくっ。……そうだな。貴様にはぴったりの呪いをかけてやろう。夜血の力を得た今の俺なら、惨く恐ろしい呪いを貴様にかけられる。未来永劫、決して消えない呪いをな！」

阿久良王は早良を掴んでいない方の手を広げ、牛舎の方に向ける。

彼の手のひらが禍々しい赤い光に包まれると、牛舎の天井が破壊され、黒い牛が一頭宙へと浮かんだ。さらにその牛の隣に早良も浮かべる。

「貴様は牛の魔物になるのだ。美しい容姿を持ちながらも、醜い牛の魔物へと時折変化してしまうのだ。そしていつしか理性を持たぬ畜生に成り下がり、死を迎える。しかし貴様が絶命してもこの呪いは消えぬ。貴様の血とこの呪いを受け継ぐあやかしがまた誕生するのだ。久遠の呪いがお前を苦しめ続けるのだっ！　ははははははは！」

哄笑《こうしょう》する阿久良王が妖力の宿った手のひらを握りしめると、早良と牛の融合が始まった。めきめきと音を立てながら、早良が牛と無理やり合体させられていく。

「ぐ、ぐああぁ！　うああああ」という耳をつんざくような悲鳴が早良の腹の底から発せられる。

惨たらしい有り様を見ていられなくて目を背けたくなったが、凛にはそれが許されなかった。

絶命している静の体は凛の意志では動かせない。目を見開いたまま、しかとその凄惨な光景を見せつけられる。

「いつか醜悪極まりない獣へとお前は変化してしまうのだ。誰からも愛されないほどの、醜い姿に。俺と同じようにな！　くっくっく……！」

呪いの仕込みが終わり、再び地面へと投げ捨てた早良に向かって嘲り笑う阿久良王。

牛を体内に取り込んだはずの早良は、一見すると事が起こる前となんら変わらない外見をしている。しかし彼は今後、牛の魔物へと変化する発作に苦悩するのだろう。

そしていつしか自我を失い、獣そのものになり果ててしまうのだ。

——これが牛鬼にかけられた、永遠に続く呪い。今もなお、椿さんを苦しめている呪詛……。

呪いの経緯を凛が把握した途端、ゆらりと景色がゆがんだ。視界が徐々に霞みがかってくる。

悪夢が終わる時が訪れた。しかしこの幻影は、気の遠くなるような昔に実際に起こった出来事なのだ。

そして凛が意識を消失する直前に目にしたのは、自分を——静の亡骸を悲しげに一瞥する阿久良王の姿だった。

目を覚まし凛が飛び起きると、心配そうに自分を覗き込む伯奇の姿がまずは飛び込んできた。

「あ……。私、椿さんの夢から覚めたんですね」

「ああ、そうだよ。とてもうなされていたけれど、大丈夫だったかい？」

「はい、なんとか……。でもとてもつらく苦しい夢でした」

そんなふうに伯奇と会話していると、凛の傍らで眠っていた伊吹も目覚めたようで身を起こした。

ちなみに椿は自分たちに背を向けて寝そべっているので、まだ眠りの中なのか起きているのかどうかは判別できない。

「おっと、鬼の若殿さまもお目覚めのようだ。おはよう、伊吹。君もとてもつらそうな顔をしていたね」

「ああ……。凛、もしかして千三百年前の夜血の乙女——静の中に、君の意識はあったんじゃないか？」

すぐさま神妙な面持ちで伊吹が尋ねてきた。

「えっ！　どうしてわかったのです？　まさか伊吹さんも……？」

「ああ、俺の意識は阿久良王の中にあったのだ。……伯奇、どういうことだ。君は夢に入る前に、俺たちは透明な存在になる、夢に出てくる人物たちから見えないし、声も聞こえないと言っていたが、俺と凛の意識は当時の鬼の若殿と夜血の乙女の中に入っていたんだ」

伊吹がそう説明すると、伯奇は虚を衝かれたような面持ちになった。

「えっ……そんなことが？　いや、俺も初めて聞くケースだよ。なんでそんなふうになったんだろう？」

「うむ……。ひょっとしたら俺と凛が千三百年前の人物と同じ境遇だったから魂が共鳴したのかもしれんな」

伊吹の考えを聞いた伯奇が「うーむ」と唸った後、こう続ける。

「なるほど……。それで伊吹と凛ちゃんの意識が彼らに重なったんだね」

「おそらくだがな」

確かにそんな理由が考えられる。

夢に入ったのも、夢の中の者も、奇しくも鬼の若殿と夜血の乙女だった。そんな偶然から、凛と伊吹は彼らの意識に触れられたのだろう。

「私、ずっと静さんの感情を味わっていました。彼女は常に、血を吸われて自分は死んでしまうと阿久良王さんを恐れていた。そして底知れない恐怖から逃れるために、早良さんを心の拠り所にしていたんです」

「俺も阿久良王の心のすべてを知ってしまった。なんともつらく苦しかった。彼はただ静を愛そうとしていたというのに……」

ひどく口惜しそうに伊吹が声を発する。

「やっぱりそうだったのですね」

凛がしみじみと言うと、伊吹は驚いたように目を見開く。

「凛、気づいていたのか？　当の静はまったく阿久良王の気持ちに気づく素振りはなかったというのに」

「はい。きっと静さんは怯えきっていたせいで、阿久良王さんの感情を考える余地はなかったのだと思います。残虐だと悪名高く、外見も恐ろしい鬼の元へいきなり差し出されたのですから、無理もないかもしれませんが……。彼女が一瞬でも彼のあの悲しげな瞳を見てくれれば、こんなつらい結末にはならなかったかもしれないのに」

無念この上もなかった。自分が静の心に語りかけられれば、這いつくばって命乞いをする静の頭を一度でも上げさせられればと、悔やんでならない。

——でもあれは過去の出来事。椿さんの夢の中で私があがいたところで、なにも変わらない。

それでもやはり、とてつもない悔しさに凛は襲われていた。

「……ふうん、そうだったんだ。あの阿久良王が静をねえ……。延々と毎晩見せられる悪夢だったせいで、もう俺は見飽きていてね。毎晩早く終われとしか思っていなかったから、そんなこと考えもしなかったな」

いつの間にか椿も夢から覚めていたらしい。相変わらず凛たちに背を向けながら寝そべっているが、投げやりな口調でそう言った後、こう続けた。

「まったく。これだから愛だの恋だのくだらないんだよ。阿久良王はさっさと静の血を吸って夜血の力を得ればよかったんだ。そうすれば別に早良を恨むことなんてなかった。……俺が呪いに苦しめられることもなかった」

凛はなにも言葉が見つからなかった。『愛だの恋だのくだらない』という主張には同意できかねるが、ここでの反論は椿を苛立たせるだけだ。それに、自分が彼の立場なら同じ考えに至ったかもしれない。

「で？　俺の夢を覗き見て阿久良王の本心はわかったかもしれないけど、呪いに関する成果はあったわけ？」

「それは……」

椿の挑発するような問いかけに、伊吹は口ごもる。

夢の中で起こっている出来事を把握するだけで必死だった凛は、当然牛鬼の呪詛を解く手がかりなど見つけられなかった。伊吹の様子からすると、彼も解呪につながる糸口は発見できなかったようだ。

「……だろうね。まあ全然期待なんてしていなかったけどさ。てわけで俺は予定通りに存在の消滅を試みるしかないってわけだね。あー残念」

軽い口調で、全然残念ではなさそうに椿が言う。その軽薄さが逆に悲しみを誘い、凛は涙ぐみそうになる。

しかし椿の言葉通り、呪いを解くためのヒントすら見つけられなかった。伊吹も凛も、そして伯奇も、閉口することしかできない。

こうして椿は、数日後に迫った新月の逢魔が時に、八尾による神隠しの術をかけられる運びとなってしまった。

ただ肉体が消えるだけではなく、椿がいた痕跡そのものがこの世から消失し、すべての者が彼を忘失してしまうという、恐ろしい秘術を。

第六章　解放

数日経ち、いよいよ新月の日となった。

椿は神隠しの儀がどこで行われるのかを凛たちに頑なに教えてくれなかったが、八尾に尋ねたらあっさりと答えてくれた。

椿の屋敷近くの、鬱蒼《うっそう》とした森の中だった。道はなく、誰かが偶然通りかかることもない場所だ。椿は誰にも知られずに存在の消滅を行い、そのまま誰の記憶からも消えたかったのだろう。

伯奇の元で椿の夢に入り、呪いをかけられた時の詳細を知った凛と伊吹だが、結局解呪の手がかりは得られなかった。その後も阿久良王の伝承を調べたり、アマビエの甘緒になにか方法がないかと尋ねてみたりはしたものの、呪いを解く糸口は見つからない。

それでも、最後の最後になにか見つけられないかとふたりは神隠しの儀が行われる場所を訪れていた。また、潤香も忠誠を誓った主の最後を見届けに来たのか姿を見せている。

「なにしに来たの？　俺が消えるのを見に来たってわけ？　悪趣味な奴らだなあ」

凛たちの姿を見るなり、大層不快そうに椿がぼやく。

「そうじゃない。まだ呪いを解くのを俺たちは諦めていないんだ」

「はっ、そんな方法あるわけないじゃん。牛鬼の俺たちが千年以上も考えた結果なにも見つからなかったんだからさ。無駄なことをしたがる奴らだね」

伊吹の回答に、椿は冷ややかに笑う。そんな主の様子を見て、潤香はなにも言えずにただ涙ぐんでいた。

「私たちは椿さんのいっさいを忘れてしまうのですか？」

凛が緊張しながら問うと、八尾がおもむろに頷いた。

「そうだ。椿という存在のすべてがこの世界になかったことになる。椿が関わったもののすべては、都合のいいように皆の記憶に改ざんされる。例えば椿の住まう屋敷は空き家になっていたり、椿の商社は別の者が経営していたり……といった具合にな。伊吹たちは過去に椿に助けられたことがあるようだが、それも自分たちだけでなんとか危機を乗り越えた、という記憶にすげ替えられちまうだろう。俺だって、今なにかを消したらしいけどなんなのかわかんねーな、まあいいかって感じになっちまう。以前同じ術を使った時に、そういうふうになったからな」

凛はごくりと唾を飲み込む。改めて、なんて禍々しい秘術なのだろうと思わされた。

生物が自然の摂理で寿命を迎えるのはそこまで恐ろしく感じない。もちろん自分が死を迎える時を想像するのは怖いが、生きとし生けるものとして受け入れるしかないと結局は納得させられる。それはきっと、例え命が尽きても自分の存在した痕跡がどこかにあれば救われる気がするからだろう。

自分との思い出を持つ子孫がいればなによりも喜ばしいし、例え血脈を継ぐ者が生まれなかったとしてもなんらかの形で自身の足跡は残せる。才のある者は書物や絵画、スポーツの記録などで歴史にその名を刻める。才能に恵まれなくても、墓には名が刻まれる。

そして身寄りがなく墓すら作られなかったとしても、その者を構成していた原子は地や空、海へと還り次代の生物たちの一部となる。

しかしそのすべてが許されない、存在の消滅。

考えただけでも凛は身震いする。そしてこの感情すら、八尾の儀式が終わったら忘れてしまうのだ。

「もうとっくにわかりきっていることじゃないか。さあ八尾、とっとと終わらせてくれるかい？」

ため息交じりに椿が八尾を促した。

消される本人は、とうの昔に覚悟を決めている。だが八尾は困ったように眉尻を下げた。

「待てよ。まだ逢魔が時までちょっと時間があるから、術自体ができねえんだ。少しだけ待ってくれ、椿」

空は橙色に染まりかけているが、確かにまだ逢魔が時と呼べるほど暗くはなっていなかった。八尾による秘術は〝その時〟が来ないと発動できないから、今は待つより他ない。

「そうかい。早くやってほしいんだけど、な……。ぐ、うっ……あ……」

気だるげな椿だったが、言葉の途中で呻き声を上げ始めた。

潤香がハッとしたような面持ちになり、彼に駆け寄る。凛は何事かと戸惑うことしかできない。

「椿さま！」

「く、来るなっ。見る……な……！　ぐ、う、うああああああああ！」

苦悶《くもん》の表情を浮かべながら獣のような叫びを上げる椿。

すると信じられないことに、彼の頭から、めきめきと音を立てながら二本の角が生えてきた。

伊吹や阿久良王のような、天に向かって一直線に生える鬼の角とは明らかに違っていた。内側になだらかな弧を描くような形は、牛を彷彿《ほうふつ》とさせた。

「まさか。牛の獣になってしまうという牛鬼の発作が、今……？」

「どうやらそうみたいだな」

呆然《ぼうぜん》としながら呟く伊吹に、八尾が忌々しそうに答える。その間も潤香は、悲痛そうに「椿さま！」とただ主の名を叫んでいた。

美貌のあやかし・椿の外見が禍々しい獣に変わっていく有り様はあまりに惨たらしかった。

胴体から節足動物のような六本の足が生え、全身が不気味な黒光りする皮膚に覆われていく。あっという間に椿は異形の醜い畜生の姿へと変貌してしまった。

星々を思わせるような銀の髪も、常に美麗な光をたたえている瞳も、見る影もない。闇色の皮膚にぎょろりとした深紅の瞳、カサカサと害虫のように蠢く足は、背筋が凍るほどおぞましかった。

そしてそんな椿から「グアアアアアアアア」という雄叫びが放たれた。

変化の最中も叫んでいたが、その時はまだ彼の悲痛な思いが伝わってきた。しかし今の椿からは、悲しみも、怒りも、苦しみも、なにも発せられていない。すでに彼は理性を失い、ただ獣の本能の赴くままに猛り狂っているように見えた。

「あ……あ……」

あまりの気味の悪さに、凛はその場にへたり込んでしまう。

ここ数カ月、あやかしたちと関わる機会が多く、彼らが本来の獰猛な姿になったのを何度か目にしているが、こんなふうに身の毛もよだつ想いは初めてだった。

椿は発作のたびにこんな姿になっていたのか。そしていつしかこの醜悪な獣のままでしかいられなくなってしまうのか。

――なんて。なんて恐ろしい呪いなの。

悲しみやらやるせなさやら恐怖やらで、凛の感情はぐちゃぐちゃになってしまう。

「凛！　とりあえず離れるぞ！　あれの近くにいたら危険だっ」

腰を抜かしている凛を伊吹が抱え上げる。しかし凛は反応する余裕すらなく、伊吹の腕の中でただ呆然と椿を眺めていた。

「潤香も！　逃げんぞ！」

八尾が潤香の方に手を伸ばしたが、彼女はなにも答えずに彼の手を払いのけた。

「潤香、なにをしてんだっ!?　逃げんだよっ」

「そうだっ、早く！」

「私は……私はやっぱり椿さまを忘れたくない……」

八尾や伊吹の声など潤香には届いていない様子で、見るも恐ろしい姿となってしまった椿を真正面から見つめながらぶつぶつと呟いている。

「私は椿さまをずっと覚えていたい。私が今ここにあるのは、あなたのおかげなのです。私は椿さまに絶対の忠誠を誓ったのです。例え、どんな姿になろうとも。あなたが理性を失い、その姿でしかいられなくなってしまったとしても……！」

拳をぎゅっと握りしめ、潤香が心からの想いを口にした。

それを聞いた瞬間、凛の脳内に阿久良王の言葉が蘇《よみがえ》る。

『いつか醜悪極まりない獣へとお前は変化してしまうのだ。誰からも愛されないほどの、醜い姿に。俺と同じようにな！　くっくっく……！』

――誰からも愛されないほどの、醜い姿……？　違う。だってたった今、潤香さんは言ったじゃない。『私は椿さまに絶対の忠誠を誓ったのです。例え、どんな姿になろうとも』って。

「……もしや。阿久良王の呪いを解く方法は」

潤香の言動を見て、伊吹も凛と同じように思い当たったらしい。

阿久良王は早良におぞましい姿になる呪いをかけた。嫁として差し出された静にすら、ひと欠片《かけら》の愛ももらえなかった自分と同等になるように。

阿久良王は静に愛されたかった。例え醜い痣で覆われていたとしても、彼女を愛そうとする気持ちに気づいてもらいたかった。

でも怯えきった静は阿久良王を嫌い、早良に想いを寄せてしまった。

そして阿久良王はこう思ったのだ。醜い自分は、醜い者は、愛を得る資格も与える資格もないと。

だがもしも、醜悪な外見となってしまう牛鬼をそれでも愛そうとする者が現れたとしたら？

そんな阿久良王の闇は、きっと払拭される。

「伊吹さん！　きっと潤香さんなら椿さんの呪いを解ける……！」

伊吹に抱えられながらも凛がそう主張すると、彼は頷く。

「俺も同じことを考えていた。……潤香！　おそらく呪いを解く鍵は、椿に向けられる無償の愛だ！　君だけがそれを持っている！」

それまで八尾と伊吹の呼びかけなど届いていなかった様子の潤香だったが、さすがに主の呪いの件について言及されると、虚を衝かれたような面持ちになった。

「椿さまに向けられる無償の愛？　私がそれを持っている……？」

「そうだ！　椿に君の想いをはっきりと伝えれば、きっと解呪される！」

伊吹の言葉を聞いて潤香は驚愕したように目を見開くと、勢いよく首を横に振った。

「そ、そんな、めっそうもございません！　私が椿さまを愛しているだなんておこがましい……！　私は椿さまの配下のひとりに過ぎません。きっと椿さまだって、私のことなんて！」

自分を卑下する潤香だったが、凛は伊吹の腕の中から自分で抜け出すと彼女をまっすぐに見つめてこう訴えた。

「いいえ、潤香さんしかいないわ。椿さん、傍から見てもあなたにだけはとても優しかった。それが部下への愛なのか女性に向ける愛なのかはわからないけれど、あなたを大切に思っていたのは間違いない！」

「そ、そんな。椿さまが私などを、まさか……」

「私は断言できる。あなたと椿さんの間には深い絆《きずな》があるって。だから潤香さん、椿さんを呪いから救えるのはあなただけです！」

いまだに驚愕の面持ちだったが、凛にきっぱりと言われた潤香はそれ以上反論しなかった。

自分の中にある椿への想い。そして椿が自分だけに見せる優しさを思い出し、凛の言葉が胸に刺さったのだろう。

「なるほど、一理あるな……。しかし呪いが解けなかったらどうすんだ。今の椿なら、潤香に襲いかかっちまうんじゃねーの？」

三人のやり取りを聞いた八尾は伊吹にそう問いかける。

「そうならないように俺が潤香のそばで構えている。八尾、念のためお前も近くで潤香を助けられるよう控えていてくれ」

「仕方ねえな。了解だ」

伊吹の頼みに八尾は苦笑を浮かべながらも了承する。

そこまで気が回っていなかった凛は、伊吹と八尾のやり取りにハッとした。

確かに凛と伊吹の当てが外れたら、潤香は理性を失った椿に食い殺されてしまうかもしれない。しかし最強の鬼である伊吹と、天狐の八尾が傍らに控えているのならば、きっと大事には至らないだろう。

猛獣と化した椿は、凛たちがそんなやり取りをしている間もずっと天に向かってけたたましい咆哮《ほうこう》を上げている。変化したばかりだからか、体がうまく動かせないようだった。

しかしとうとう体が慣れてきたのか、無機質な光を宿す赤い瞳を一番近くにいた潤香に向けた。大きく横に開いた口から、だらだらと唾液が滴り落ちる。潤香を明らかに食い殺そうとしている素振りだった。

だが潤香は、まったく臆する様子もなく椿に一歩一歩近づいていく。

獲物がみすみすと自身に近づいてくるとは理性を失った獣でも思い当たらなかったようで、椿は「グルルルル……」と今までより少しおとなしい呻き声を上げ、潤香をただ凝視していた。

潤香は昆虫を思わせる椿の足に触れると、そのまま彼の頬に自身の体をすり寄せた。

猛獣姿の椿は巨大化しているので、潤香がまるで彼に寄りかかっているような体勢になってしまっている。

しかしひと目でわかる。潤香が椿を抱きしめようとしているのだと。

潤香は目尻に涙を浮かべ、忠誠を誓った主にその小さな体を寄せたまま静かに告げた。

「椿さま。お慕いしております。例えあなたがどうなろうとも。どんな姿になろうとも。理性を失い、私を忘れてしまったとしても。私のすべては、椿さまのためにあります……！」

潤香の言葉が終わった途端だった。

醜悪極まりなかった獣姿の椿が、まばゆい閃光《せんこう》に包まれた。

＊

さあ今からいよいよ八尾による存在の消滅の儀が執り行われるという時。

逢魔が時まで少しの時間があったので待つことにしたら、伊吹たちの前で発作が起こり、椿は牛の獣の姿へと変化してしまった。

皮膚がぼこぼこと醜く膨らみ、おぞましい畜生へと成り下がった椿。あやかしらしい理性や感情は失われ、よだれを垂らしながら咆哮を上げる醜い存在となった。

しかし椿の心は、獣の奥深くに閉じ込められる形でまだ残っていた。

怯えきって震えている凛の表情、そんな彼女を自分から遠ざけようとする伊吹の姿が、獣の目を通して椿に伝わる。

禍々しい姿を不意打ちで見せられたのだ。彼らの反応は至極当然だろう。

しかし、この姿を何度か目にしたことのある潤香は、ただつらそうに椿に視線を合わせていた。

もっと潤香のそんな表情を見ていたかったが、暴れ回る自身の肉体によって、すぐに視界に彼女の姿が入らなくなる。

次の瞬間、潤香と出会った時の出来事がふと思い起こされた。

天敵の猛禽類に襲われ傷だらけになっている濡れ女の子供を、道行くあやかしたちは気にも留めない。

歓楽街で野垂《のた》れ死ぬ幼子など珍しくない。いちいち構っていたらキリがないのだ。

仕事の付き合いでたまたまその現場を通りがかった椿も、最初はよくある光景だなと通り過ぎようとした。

しかし濡れ女の顔がちらりと見えた瞬間、足を止めてしまった。

彼女の顔半分は大層美しいというのに、もう半分は醜い痣で覆われていた。まるで毎晩椿がうなされる悪夢に出てくる、千三百年前の鬼の若殿である阿久良王を思わせる外見だった。

気がついた時には椿は鷹や鳶を追い払い、その少女に話しかけていた。

なにをやっているんだ俺は、無意味なことを、と頭の中の自分が呆れている。だがなぜか彼女に手を差し伸べずにはいられなかった。

自分でもはっきりとはわからない。しかしおそらく、椿は阿久良王をどこかで哀れに思っていたのだろう。

同じように外見上の問題で不幸な目に遭っている濡れ女があまりに不憫で、妙な気を起こしたらしい。

単なる気まぐれだ。飽きたり気に食わない行いをしたりしたら捨てればいいだけのこと。そんな軽い気持ちで椿は潤香を身綺麗にし、高価な着物まで与えた。

しかし潤香はそんな自分に心からの忠誠を誓ったのだった。

千三百年も消えない呪いを解くために、椿はさまざまな悪事に手を染めた。

人肉の中にあやかしにとっての薬用効果成分が含まれていると聞いた時は、迷わずに人間を捕らえ、命乞いする彼らを容赦なく殺し、解体した。

古来のあやかしのように人間を好き勝手に蹂躙すれば力が増強されると耳にした時も、古来種という昔の獰猛なあやかしの姿が正しいと妄信する派閥に入った。

そして古来種による組織的な人間の誘拐に手を貸したり、人間の女性を奴隷として売りさばいたりもした。

そんな犯罪行為ばかり行っているどす黒いあやかしだというのに、潤香はただ椿を崇め、どんな命にも『承知しました、椿さま』と従うのだった。

あまり表情豊かなタイプではないにもかかわらず、椿が少し褒めるだけで潤香は嬉しさで頬を染めた。椿が与えた着物と帯を、まるで命よりも大切に思っているんじゃないかと感じられるほど丁寧に扱っている光景を何度も目にした。

――そうか。俺はいつの間にか、潤香を。

いつしか潤香は、椿にとってかけがえのない存在になっていたのだ。こうして獣の中に精神が閉じ込められた今、初めてその事実に気づかされた。

潤香が自分の傍らに佇んでいるのがあまりに当たり前の光景になっていたため、そんな心境の変化など考えもしなかったのだ。

――だけど潤香は、俺を忘れてしまう。

もうじき逢魔が時が訪れる。依頼した通り、八尾は自分を消滅させるだろう。この世界に椿というあやかしが存在しなかったことになる。

自分を忘失した潤香はどうなってしまうのか。

今まで椿の命に従うのを生きがいにしていたようだった。存在理由を不意に失うことになる彼女は、今後どのように生きていくのだろうか。

椿に関するいっさいの記憶が消去されるため、訳がわからないまま空虚な思いに支配されてしまう可能性がある。

自暴自棄になってよからぬ考えを抱かないだろうか。

——他の奴らに自分のことを忘れ去られようが、どうでもいい。だけど潤香の行く末だけは気になるなあ。

自分が消滅しても、潤香は、潤香だけはどうか生きていてほしい。

幸せな生を送れなかったとしても、彼女を気にかけてくれる者がひとりでもいてくれればそれでいい。

——潤香の今後を見届けられないのが、唯一の心残りになりそうだな。

そんな椿の感情も、次第に薄くなってきた。獣の本能が椿の理性を侵食し始めたようだ。

そろそろ自分は自我を失う。だが最後にひと目、ひと目でいいから潤香を見たい。

そんな椿の切実な願いが、獣に伝わったのだろうか。血のような深紅の瞳が潤香を映した。

すると、潤香は恐れずに自分の足に触れてきた。なによりも醜い邪悪な猛獣の姿となった椿に。唾液をだらだらと流し、彼女を食らおうとしているこの畜生に。

そしてまるで椿を抱きしめるように寄り添って、こう告げたのだ。

「椿さま。お慕いしております。例えあなたがどうなろうとも。どんな姿になろうとも。理性を失い、私を忘れてしまったとしても。私のすべては、椿さまのためにあります……！」

――まさか。潤香がこれほどの想いを俺に？

潤香による耳を疑うような親愛の言葉を耳にした瞬間だった。

どす黒い闇の中に囚われた椿の心と獣の体が、パッと煌びやかな光に包まれた。あまりのまばゆさに視界は真っ白になり、なにも認識できない。

しかしその時すでに、椿は自身の体がいつも通りの感覚に戻っていると気づく。

節のある六本の足でなく、皮膚に包まれた二本の足。頬をくすぐるさらりとした感触の髪。五本の指が生えた人型の手のひら。

まさか、といつの間にか閉じていた瞼を開くと、自身の心と体を覆っていた閃光はすでに消え失せていた。

そして眼前には、泣きながらくしゃりと破顔し、寝そべっている自分を見下ろす潤香の姿がある。彼女らしからぬ、歓喜に満ちあふれた表情だった。

「椿さま……！　呪いが！　呪いがっ、と、解けましたあっ！」

涙声でたどたどしく叫びながら、人型の椿に潤香が飛びついてくる。解呪されたばかりでまだ感覚が落ち着かない椿は、そんな彼女の勢いに驚き戸惑うが。

「……まったく。慌てすぎ、落ち着いてよ潤香」

寝転んだ状態で、潤香の背中に手を回してポンポンと優しく叩きながら囁く。

「だ、だってぇ！　よ、よかったですううう！　これで椿さまはっ、ずっとそのままの美しいお姿でっ！」

「うん……そう、なのかな？」

本当に呪いが解けたのだろうか。まだ椿は半信半疑だった。ただ、頭の回転の速い椿は、なぜ牛鬼の呪いが解呪に至ったのかすでに見当をつけていた。

愛とか恋なんてくだらない。いまだにそう信じて疑わないし、これからも自分はそうであり続けるだろう。

そんな馬鹿げた感情が千三百年前の奴らに存在したせいで、自分も代々の牛鬼たちも苦しんだのだから。

だが、椿が低俗だと切り捨てたそれらをもっとも大切な事柄だと信じて疑わない、お人好しの鬼の若殿と夜血の乙女。彼らの気づきによって、自分が長きにわたる呪縛から解放されたのは事実だ。

――誰かを想うのも、悪いことばかりじゃないか。

少しだけ椿もそう思えた。

それでも、潤香以外のあやかしなんてどうでもいい存在だし、愛し合う鬼と人間の夫婦を見ればこれからも反吐《へど》が出るのだろうけど。

「きっと阿久良王はこんなふうに――潤香が椿を慕うように、静に自分を想ってほしかったのだろうな」

「ええ、きっとそうですね」

いまだに自分にすがって嬉し泣きをする潤香を、伊吹と凛が目を細めて見つめている。

──安心したように寄り添いやがって。ああ、腹が立つ。まあ、でも君らはすごいよ。俺が手もつけられなかった呪いを解く手がかりを見つけてしまったのだから。

やはり彼らは『最強』の鬼と選ばれし夜血を持つ乙女なのだ。今までももちろん一目置いてはいたが、今後はもっと素直に称賛しよう。

椿が改めて伊吹と凛の心の強さを認めていた次の瞬間、ぞくりと背筋が凍った。

突然出現した邪悪極まりない気配がする方に恐る恐る視線を合わせると。

「あれは……!?」

黒い靄のようなものが人型を作り宙に浮かんでいた。他に色のない黒一色で形作られたそれは、目と口と思われる部分のみ抜き型のように白くなっている。

「おノれ……オのレ……。早良メ……。醜い姿に成り下がっタったクセに……。なぜお前だケ、愛を……」

その黒い人型から、深い殺意が込められた声が聞こえてきた。

他者から恨みを買うような行いばかりしていた椿は、悪意を向けられるのは慣れている。しかしそんな椿でも身震いするほどの憎悪をその黒いなにかは発していた。

「あれはもしや。阿久良王の怨念では……!?」

察しのいい伊吹がすぐに正体に気づく。その傍らで、八尾も頷いていた。

「そうだろうな。呪いは解けたようだが、そんなんであいつの怨嗟《えんさ》の念は消えなかったってわけだ。逆に呪いがなくなったせいで、邪念が行き場をなくしてああいう形になったんだろうな……」

さすがは天狐である八尾だ。すぐにあの正体不明の物体について、もっともらしい仮説を立てる。

だが、呪いが解けたばかりの自分は体をうまく動かせない。あの禍々しい阿久良王の魂とやり合うほどの元気などあるわけがない。

「千三百年前の鬼の若殿と現代の鬼の若殿かあ。俺は現代の方に賭けるとするかな。だから頼んだよ、伊吹」

そう茶化して伊吹に頼む椿だったが、内心では必死に懇願していた。

あの不吉な悪霊は、自分のみならず潤香までも滅しようと企んでいる可能性がある。

自分たちの関係が彼には許せないに違いないから。

——頼むよ、伊吹。阿久良王を天に召してやってくれ。

いまだに起き上がることすらままならない体で、切にそう祈る椿だった。

*

椿の呪いが解け、感激して彼にすがりつく潤香を伊吹が微笑ましく見つめていた矢先。なんと呪いに込められていた阿久良王の悪意が、黒い人型となって空中に具現化してしまった。

悪霊は早良に対しての恨みを吐くと、まず潤香に向かって黒い靄の一部を飛ばしてきた。

しかし潤香が悲鳴を上げる間もなく、八尾が素早い動作で彼女を抱え上げる。そして地を蹴ると、数メートルも跳躍し高い木の上に飛び乗った。

「妖狐の運動能力舐《な》めんなよ」

潤香を軽々と持ったまま、八尾が得意げに言う。

確かに素早さなら自分以上、もしかしたら天狗の鞍馬にも匹敵するかもしれない。

「だけど俺はよ。ケンカの方はそんな得意じゃねーんだ。てわけで、バチバチやり合うのは伊吹、頼むぜ」

「ああ、任せろ。お前は潤香を頼む！」

八尾の言う通り、伊吹が悪霊を倒してしまうのがもっとも手っ取り早い。実体のない怨念に、八尾の神隠しの術が効くとも思えなかった。

――俺が放つ鬼の炎ならば、おそらく怨霊も消し去れるはずだ。

伊吹が放出する炎の術の中には、地獄で燃え盛る火炎を取り寄せて放てるものもある。亡者に罰を与えるための地獄の炎ならば、阿久良王の魂にも効果があるはずだ。

だが、相手は自分と同等の力を持つ、千三百年前の鬼の若殿。果たして彼の強い憎悪に自分の力が敵うかどうか。

そんな懸念を抱いた伊吹だったが、自身の背中で阿久良王から守っていた凛の存在に気づくと、すぐに不安は払拭された。

――そうだ。俺には凛がいる。夜血の乙女が。愛し合う、俺の妻が。

「凛！　すまんが血を少々吸わせてくれ！」

早口でまくし立てるように言ってしまった。だが詳しく説明している暇はない。黒い靄からは、「邪魔をするナ……！」といきり立った声が聞こえてきた。

凛はいっさい戸惑う様子もなく、深く頷いた。

「はい、かしこまりました」

少量とはいえ、伊吹が首筋に噛みついて血を吸うのだから凛は少なからず苦痛を感じるはず。それなのに快く了承してくれるのは、伊吹を心から信頼している証だろう。

伊吹は凛をそっと抱きしめると、その細い首に歯を立てる。凛から「んっ……」という吐息交じりの甘い声が漏れた。

その声を聞いてからの、凛の夜血はなんと美味なことか。喉が焼けるほど甘くみずみずしい。たくさん吸いたくなる衝動に駆られるほどだ。

しかし多量の血を吸えば当然、凛は体にダメージを受ける。それに、夜血を吸うことで伊吹の身体能力は格段に上がるが、そのために必要な量はひと口で十分。

口に含んだ凛の血液をごくりと飲むと、伊吹は凛の首から口を離した。血を吸われ脱力したらしく、凛はその場にへたり込む。

そんな最愛の妻を気遣ってやりたいが、そんな暇はなかった。阿久良王の真っ黒な怨霊が今にも伊吹に襲いかかろうとしていたのだ。

天に向かって伸びる一本の角と、口からはみ出した尖鋭な牙を持つ鬼本来の姿となった伊吹は、手のひらにありったけの妖力を込める。そして妖気によって真っ赤な光を帯びた手のひらを、阿久良王に向かって広げこう唱えた。

「焦熱《しょうねつ》」

それは八大地獄のひとつの名称だ。

焦熱地獄は、現世で殺生などの悪事を働いた亡者を業火の中に投げ入れるという、地獄の中でもひときわ恐ろしい場所である。

その地獄の炎が今、伊吹の手のひらから放たれた。

「グ……ギ……アアアアアアア」

黒い靄から、この世のものとは思えないほどの断末魔が発せられた。鼓膜に衝撃を覚えたのか、凛は耳を押さえて顔をしかめている。

すると伊吹の思惑通り、焦熱の炎は阿久良王に絶大な効果を発揮した。黒い人型は一瞬で跡形もなく霧散したのだった。そして、その直後。

『これが鬼の若殿と、愛し合った夜血の乙女の力か』

涼やかな声が伊吹の胸中に直接響いてきた。怨念を取り払われた阿久良王の思いだと瞬時に気づく。

『叶うのならば、俺もそんなふうに、静と……』

ただ愛を欲した悲劇の鬼は、切なげにそう呟く。

彼が早良に呪いをかけ、悪霊として千三百年後に出現したその経緯を思うと、伊吹はやるせない気持ちになった。

しかしそんな伊吹に凛が抱きついてきた。

「伊吹さん！　これでもう、阿久良王さんも呪いから解放されたのですね？」

凛の問いかけは意外な内容だった。

呪いがかけられていたのは早良をはじめとした牛鬼たちに他ならない。しかし凛の言う通り、阿久良王こそがもっとも呪縛に苦しんでいたに違いない。

「……そうだな。阿久良王が成仏した行先は地獄だろうが、現世のしがらみからは解放されたはずだ」

凛の頭を撫でながら伊吹が優しい声音で告げる。するとひときわ嬉しそうに彼女は微笑んだ。

普段より凶悪になった伊吹を見ても、まったく怯まずに笑顔を向けてくる凛。そんな彼女を命がけで愛そうと、伊吹は改めて心に誓う。

かつて愛を得られなかった悲しい鬼の若殿の存在を忘れないためにも。それが自分の使命なのだと、深く心に刻み込んだのだった。

第七章　『宿怨』の椿

気温が高くなってからも、この小さな湖のほとりは涼しい方だったのに、さすがに真夏ともなればそうもいかない。少しの間、伊吹とのんびり散策しただけで凛の頬は汗ばんでしまった。

伊吹も凛も仕事が休みのある午後。ふたりはいつも通り、新鮮な空気と穏やかな景色を眺めに屋敷近くの里山と湖をぶらついていた。

「しかし今日は暑いな」

手のひらで自身の首元を扇ぐ伊吹。汗ばんだ首筋が、いつにも増して色っぽい。

「そうですね。もうすっかり夏ですね」

そう答えながら、凛は伊吹と一緒に四季の移り変わりを味わっていることが感慨深かった。

あやかし界を凛が訪れた頃は、まだ冬だった。それから春、夏と季節は変遷し、じきに実り豊かな秋が訪れる。

この辺りは、紅葉や銀杏《ぎんなん》の木もたくさん見かける。それらの木々たちが秋らしく彩られたら、さぞ美麗な景色になるだろう。

伊吹と眺めるのが今から楽しみになった。

ふと、湖の対岸の木が目に入る。

あれに潤香がロープをかけて命を断とうとしていた光景を凛は思い起こした。

椿が牛鬼の呪詛から解放されて、すでに二週間余りが経過している。

「椿さんと潤香さんはお元気でしょうか」

もう椿がおぞましい牛の獣へと変化することは金輪際ないはず。

だがあれからまったく彼らから音沙汰がないので、本当に大丈夫だったのかと少しだけ凛は気にしていた。

「ああ。呪いはしっかり解けているはずだし、阿久良王の怨霊も俺の炎によって滅した。あいつのことだから、また飄々と商売でもしているんじゃないか？」

伊吹の言葉を聞いて、椿が感情の読めない笑みを浮かべながら取引相手を優雅にあしらっている光景が自然と想像できた。

「ふふ、そうかもしれないですね」

「あの後向こうからなにも音沙汰がないから凛は気にかけているようだが、もともと俺たちはそんなに仲がいいわけではないしな」

伊吹は苦笑いを浮かべている。

確かに、時には敵対したり、時には助け合ったり、伊吹と椿はとても奇妙な関係だ。

今回、椿が抱えていた問題が明るみになり、伊吹と凛が関わった結果それがすべて解決されたが、だからといって今までのことがなにもなかったかのように親密になるのも不自然だろう。

便りのないのはよい便り。きっと椿は、無表情の潤香を傍らに置き、今日も暗躍しているに違いない。

そう思っていたが、伊吹と共に散歩を終えて屋敷に戻ってくると、玄関に見慣れない草履と下駄が置かれていた。大きさから考えるに、大人の男性と小柄な女性または子供の履物のようだった。

「国茂、お客様か？」

そう言いながら、伊吹が茶の間に入ると。

「やあ。どこ行ってたの？　せっかく会いに来たのに」

「お邪魔しております」

その光景に凛はずっこけそうになってしまう。

なんと椿と潤香が、ちゃぶ台について我が物顔でお茶をすすっていたのだ。

さらに鞍馬も自然とふたりを受け入れている様子で、国茂手作りのきんつばを食べている。

「つ、椿と潤香⁉　ちょ、なんでお前らっ？　く、国茂！　どういうことだ⁉」

ちょうどお茶のお代わりをのせたお盆を持って国茂が茶の間に入ってきたので、珍しく慌てた様子の伊吹が尋ねる。

「え？　椿さんと潤香さんが、お腹すいたし喉渇いたって言うからさ」

のほほんと答える国茂。

彼も一応、伊吹が椿とはあまりいい関係ではなかったとは知っているはずだ。しかし細かいことを気にしないマイペースな猫又は、深く考えずに来客をもてなしてしまったのだろう。

「いやー、このきんつばおいしいね。いいお手伝いさんがいるじゃない。……あっ、そうだ、俺もお土産持ってきたんだよ。潤香、出してあげて」

「かしこまりました。こちら、つまらないものですが……」

潤香が差し出したのは、凛も見覚えのある有名チーズケーキ屋の紙袋だった。鞍馬が嬉々とした面持ちになり受け取る。

「わー、これ俺食べたかったんだー！　ありがとう、潤香ちゃん。ここ、いつもお店の前に行列できてるんだけど、長時間並んだんじゃないの？」

「いえ。椿さまと一緒に来店したらそんな必要はありませんでしたよ。お店の方々が真っ先に持ってきてくださいました」

「おお、さすが椿コーポレーションのトップ。顔が利きますなあ」

「ふっ。まあね」

得意げに椿が微笑むと、鞍馬が「あはは」と楽しそうに笑った。すると。

「お前らいったいなにを和やかに話しているんだ？　というか、なに当たり前のように家に上がり込んでいるんだ貴様は」

それまで、自宅に椿がいるという衝撃の光景に感情が追いついていない様子の伊吹だったが、やっと気を取り直したのか椿を睨みつけて言う。

「伊吹、なにを苛ついているんだい？」

きょとんとした表情で、さも不思議そうに椿は尋ねる。

「いけしゃあしゃあと……。確かにお前はおぞましい呪いにかかり、これまでいろいろと大変だったようだが。凛を狙うような発言をしたり、水龍をわざと怒らせたり古来種側についていたりしたのを、俺はあっさりと水には流せないからな」

伊吹が威圧的な口調で告げる。

確かに凛もいまだに椿に対しては警戒心が少し残っている。彼のそれまでの不可解な行動にはのっぴきならない事情があったとはいえ、やはり簡単には信じきれない。

鞍馬はもともと細かいことを気にしない性分だし、伊吹や凛たちよりも椿との関わりが薄いため、過去のいざこざはもう気にしていないようだが。

「あ、うん。わかってるよ。だから今日は信用してもらいに出向いたんだよ。本当は呪いが解けた後すぐに来たかったんだけどさ。なにせ千三百年も続く呪詛だったからさあ。解呪の反動か、俺しばらく寝たきりだったんだよねー。ね、潤香」

「はい。一昨日くらいにやっと、椿さまは私の手を借りずとも動かれるようになったのです」

——あの後、そんなに大変だったんだ。

椿と潤香の言葉を聞いて、阿久良王にかけられたのがいかに強力な呪いだったのかを凛は改めて実感する。

「椿さん。今日は信用してもらいに出向いたとおっしゃいましたが……いったいどういう意味ですか？」

凛が首を傾げて問うと、椿は口元をにやりと笑みの形にゆがめた。そして懐から手のひらに収まるなにかを取り出し、凛の前に差し出す。

「君にとって信用といえばこれしかないだろう？」

「ご、御朱印⁉」

凛は驚愕の声を上げてしまう。

椿が取り出したのは、光沢のある真っ黒な印だった。材質は黒水牛の角だろうか。

「お前が凛に御朱印を……？　なにを企んでいるんだ」

伊吹が眉間に皺を寄せて相変わらず警戒した様子で尋ねるが、椿は気にした様子もなく答える。

「別になにも企んでないってば。だってこうでもしないと俺がもう君たちになにもしないって信じてくれないじゃん」

確かに、称号持ちのあやかしにとって御朱印の押印はなによりも優先される絶対的な契り。御朱印帳の持ち主を魂の同胞とみなし、この先なにが起ころうとも味方で居続けるという契約だ。

あやかしは御朱印の押印による魂の契約を決して破れない。掟《おきて》を破ったら罰せられるから、などという甘い話ではなく、例え天地がひっくり返ったとしても不可能なのだ。

あやかしの体は同胞の誓いを反故《ほご》にできないように作られている。あやかしや人間が生命維持のために呼吸をしたり食事を取ったりするのと同様、体が契約に逆らう行動ができない仕組みになっているのだ。もはや理《ことわり》と称しても過言ではない。

「椿さんが私に御朱印を……？　よ、よろしいのですか？」

おずおずと凛が口を開く。

「まあ、なんだかんだ呪いを解く方法を君たちが見つけてくれたわけだし。俺は素直に感謝してるんだよ。不満かい？」

「い、いえ。そんなわけでは」

これまでずっと得体の知れない存在だった椿。彼が魂の同胞になってくれるのは、なんとも奇妙な感じがしてしまう。

「椿が同胞に……？　なんだか気味が悪い……いや、しかし御朱印の押印は絶対に破れない契約。今後こいつの動向をいちいち気にするよりは、素直に押してもらった方が……うーむ、だが」

ぶつぶつと伊吹が独り言ちている。伊吹は凛以上に、椿をすんなりと受け入れられないのだろう。

しかし、ようやく腹をくくったようだ。

「……わかった。お前が押すというなら、俺は構わない。今後を考えてもそれが最善だろうしな」

伊吹が椿にそう告げる。

なんだかんだ言って、椿もあやかし界では高名な存在だ。強大な妖力を所持しているし、大きな商社のトップで社会的な地位も高い。

そんな椿が魂の同胞になってくれるのなら、心強いには違いない。

「もちろん、凛がよければの話だがな」

伊吹に話を振られた凛は頷いた。

あの椿が自分に御朱印を？とそれまで気持ちが追いついていなかったが、伊吹が賛成してくれるのならなにも怖くはない。

「椿さん。押印をぜひお願いします」

「おっけー。じゃあ凛ちゃん、御朱印帳出してよ」

椿に促され、凛はいつも懐に入れて持ち歩いている御朱印帳をちゃぶ台の上にのせて広げた。

椿は御朱印を構えると、凛を真正面に見つめながら誓いの言葉を紡ぐ。

「我は『宿怨《しゅくえん》』のあやかし椿。凛の『宿怨』を断ちきる力を認め、生涯同胞であることを誓う」

椿のふたつ名は、古くからの恨みを意味する『宿怨』。牛鬼である彼の成り立ちとは切っても切れない阿久良王の怨念がその名を冠しているのだろう。

椿の印には、漆黒の牛が水のほとりに佇んでいる様子が描かれていた。あの醜い牛の獣ではなくて、凛は密かに安堵する。

「ありがとうございます。椿さん」

「ふふふ。これで君と俺は魂の同胞だね」

ぺこりと頭を下げる凛に、椿が意味深に笑う。

「うーん。やっぱりなんとなく嫌なんだよな……それ」

引きつった顔をして伊吹がぼやくが、椿はやたらと薄気味悪く微笑む。

「そんなこと言っても、もう押しちゃったもんね〜。後戻りはできませーん」

「………」

わざと伊吹を煽るためにそんな顔をしているようにも見えたが、凛も本当にこれでよかったのかとつい無言になってしまう。

「ま、まあ。これで椿は凛ちゃんを絶対に裏切れないわけだし。よかったじゃんか」

鞍馬がそんな凛と伊吹にフォローを入れてくれた。

そう、これでもう椿は絶対に凛の味方なのだ。敵になれば厄介だが、今後なにが起ころうとも同胞と思えば確かに心強い。

――それでも、なんとなく不安だけどね。

「まあ、そうだな……。でも余計なことはしてくれなくて構わないからな」

「いちいち刺々しいんだよなあ、もう。言われなくてもしないってば。そんな暇じゃないしね。でもきっと君たちは、これから俺に頼る機会が出てくると思うよ」

急に真剣な面持ちになった椿に、凛は身構えた。

「どういう意味ですか？」

「凛ちゃんの存在がちょっとした噂になってきているんだよ。天狐の八尾や狛犬の当主である阿傍《あぼう》、半分仙人のような存在のアマビエの甘緒……。凛ちゃんが御朱印をもらったのが錚々《そうそう》たるメンバーだもん。無理もないね」

そもそも御朱印を持っている時点で実力のあるあやかしであるのは間違いないのだが、椿が挙げたあやかしたちはその中でもかなりの上澄みである。あやかし界では知らぬ者の方が少ないほど高名な存在だ。

そんなあやかしたちから立て続けに御朱印を押印されているのだから、巷《ちまた》で話題になるのも仕方がないかもしれない。

しかし人間であるとまだ隠すつもりでいた凛は、落ち着かない気持ちになった。

「私の存在が噂になってきている……」

「そうだよ。伊吹は今まで凛ちゃんの正体を隠すために結婚相手を公の場で紹介していなかったみたいだけど、そろそろ潮時かもね。確かもう八つも御朱印をもらったんだろ？　短期間にそれだけ集めた鬼の若殿の嫁はどんな女なんだろうって、探りに来る輩も出てくるだろうし。今はまだ、裏社会で噂されているレベルだけど、すぐに市井のあやかしたちも凛ちゃんの存在を気にし出すだろうね」

「……そうか。情報感謝する、椿」

伊吹は神妙な面持ちになると、凛を見つめて口を開いた。

「実は俺も最近、『嫁がいるらしいが式はしないのか？』とか『紹介しろ』と言われる機会が増えてな」

「えっ、そうだったのですか？　すみません、伊吹さん……」

鬼の若殿という立場的に、本来は盛大な祝言を挙げなければならなかったはず。しかし人目に触れる機会が増えれば、その分凛の正体を気取られる可能性も高まってしまう。

堂々と皆に伊吹の妻だと宣言できない自分の存在を申し訳なく思っていると、凛の頭を伊吹が優しく撫でる。

「凛が謝る必要はない。もともと俺は堅苦しい場は好きではないから、それくらいでちょうどよかったのだ」

「伊吹さん……」

心からそう思ってくれている伊吹の様子に、凛は安堵する。

「だけどそんなことも言っていられない状況だよ、もう。まあ俺もなにかあれば手は貸すけれど……。そんなふうにいちゃついてる場合じゃないだろ？」

苦笑を浮かべながら苦言を呈する椿に、伊吹は鋭い面持ちになってこう答えた。

「わかっている。……凛、というわけだ。そろそろ大々的に俺の妻だと皆に紹介する時なのかもしれない。大変なことが増えるかもしれないが……。なにがあっても俺が守るから、怖がる必要はない」

「はい。ありがとうございます」

鬼の若殿の嫁である自分の存在があやかし界に周知されたらどんな事態が勃発するのか、凛にはまだ想像もつかない。だがきっと、伊吹がそばにいれば恐れるに足りない。これまでだって幾度となくいろんな危機があったが、ふたりで乗り越えられたのだから。

——私は『最強』の鬼の若殿、伊吹さんの妻。それが私の誇りだもの。

凛は改めて、夜血の乙女として、伊吹の伴侶としての覚悟を決めたのだった。

END

あとがき

御無沙汰しております、湊祥です。皆様のおかげで『鬼の生贄花嫁と甘い契りを四』をお届けすることができました。ありがとうございます！　続刊のたびに毎回申し上げている気がするのですが、まさか四巻まで出せるとは思っていなかったので本当に嬉しいです。そしてさらに、この本が発売される頃にはコミカライズの第一話も始まっている予定です。そちらも楽しんでいただけたら幸いです。作者はとっても楽しみにしています！

今回は前半は妖狐、後半は椿のお話でした。妖狐たちの中では、特に桂ちゃんがお気に入りです。実は最初は、おどおどした気弱な女の子をイメージしていたのですが、ひと癖ある子の方が楽しいかなと思い直しまして、性格悪そうなふりをしている賢い子、というキャラになりました。伊吹や玉藻に悪態をつくシーンは書いていてとても楽しかったです。

また一巻から登場している椿の秘密のすべてが明らかとなりましたね。「なにを考えているのかわからない、敵か味方かもはっきりとしない正体不明のキャラ」が私は好きで、いつも伊吹や凛たちを引っかき回してくれる椿はお気に入りです。彼にかかった呪いや彼の思惑などは一巻の時点でなんとなく考えてはいました。しかし話の展開上明らかになるのは物語が進んでからになってしまうので、そこまでこのお話を皆さんにお届けできないかもなあ……と思っていました。だから無事に書き切ることができて感無量です。応援本当にありがとうございます！

また、椿とセットの潤香ちゃんですが、日本の牛鬼の伝承には濡れ女が登場しています。彼らはペアを組んで人間を脅かしていたらしいので、椿の理解者は濡れ女の女の子がいいなあと考えて生み出したキャラです。ちなみにふたりの間には恋愛感情はなく、親子愛に近いです。もし潤香に恋人ができたとしても、椿は「俺の潤香に見合う男なのかい？」と、簡単に彼を認めないでしょうね。機会があったらそんな場面も書いてみたいです。

最後になりますが、既刊に引き続きイラストを担当してくださったわいあっと先生。今回もふたりのラブラブぶりが伝わる最高の表紙でした！　ありがとうございます！

また本作に関わってくださったすべての方に感謝を申し上げます。そしてこの本を手に取ってくださった方に、改めて熱く御礼申し上げます。

願わくば、また皆様にお会いできますように。

湊祥

この物語はフィクションです。実在の人物、団体等とは一切関係がありません。

湊 祥先生へのファンレターのあて先
〒104-0031　東京都中央区京橋1-3-1　八重洲口大栄ビル7F
スターツ出版（株）書籍編集部 気付
湊 祥先生

鬼の生贄花嫁と甘い契りを四
～偽りの花嫁と妖狐たち～

2023年3月28日　初版第１刷発行

著　者　　湊 祥　

発行人　　菊地修一
デザイン　カバー　北國ヤヨイ（ucai）
　　　　　フォーマット　西村弘美
発行所　　スターツ出版株式会社
　　　　　〒104-0031
　　　　　東京都中央区京橋1-3-1　八重洲口大栄ビル7F
　　　　　出版マーケティンググループ　TEL 03-6202-0386
　　　　　（ご注文等に関するお問い合わせ）
　　　　　URL　https://starts-pub.jp/
印刷所　　大日本印刷株式会社

Printed in Japan

ISBN　978-4-8137-1411-8　C0193

スターツ出版文庫　好評発売中!!

『卒業　君がくれた言葉』

学校生活に悩む主人公を助けてくれた彼との卒業式を描く（『君のいない教室』蒼山皆水）、もし相手の考えが読めたら…と考える卒業式前の主人公たち（『透明な頭蓋骨』雨）、誰とも関わりたくない主人公が屋上で災いのような彼と出会い変わっていく姿を描く（『君との四季』稲井田そう）、卒業式の日に恋人を亡くした歌手を目指す主人公（『へたっぴなビブラート』加賀美真也）、人の目が気になり遠くの学校に通う主人公が変わっていく姿を描く（『わたしの特等席』宇山佳佑）。卒業式という節目に葛藤しながらも前を向く姿に涙する一冊。

ISBN978-4-8137-1398-2／定価704円（本体640円+税10%）

『余命半年の小笠原先輩は、いつも笑ってる』　浅原《あさはら》ナオト・著

大学一年生のわたしは、サークルで出会った三年生の小笠原先輩が余命半年であることを知る。“ふつう”なわたしは、いつも自由で、やりたいことをやりたいようにする小笠原先輩に憧れていた。そんな小笠原先輩は自分の“死”を前にしても、いつも通り周りを振り回し、笑わせて、マイペースで飄々としているように見えたけれど……。「死にたくないなあ」ふたりに特別な想いが芽生えるうちに、先輩の本当の想いが見えてきて――。笑って、泣ける、感動の青春小説。

ISBN978-4-8137-1399-9／定価715円（本体650円+税10%）

『鬼の花嫁　新婚編二～強まる神子の力～』　クレハ・著

玲夜の溺愛に包まれ、結婚指輪をオーダーメイドして新婚を満喫する柚子。そんなある日、柚子は龍と撫子から定期的に社にお参りするようお願いされる。神子の力が強まる柚子はだんだんと不思議な気配を感じるようになり――。また、柚子と同じ料理学校の芽衣があやかしに絡まれているのを見かけ、思わずかくまってあげて…⁉　一難去ってようやく待ちに待った新婚旅行へ。「柚子、愛してる。俺だけの花嫁」文庫版限定の特別番外編・猫又の花嫁同棲編収録。あやかしと人間の和風恋愛ファンタジー新婚編第二弾！

ISBN978-4-8137-1397-5／定価671円（本体610円+税10%）

『捨てられた花嫁と山神の生贄婚』　飛野《とびの》 猶《ゆう》・著

没落商家の三笠家で、義理の母と妹に虐げられながら育った絹子。義母の企みにより、山神様への嫁入りという名目で山の中に捨てられてしまう。そこへ現れたのは、人間離れした美しさをまとう男・加々見。彼こそが実在しないと思われていた山神様だった。「ずっと待っていた、君を」と手を差し伸べられ、幽世にある彼の屋敷へ。莫大な資産を持つ実業家でもある加々見のもとでお姫様のように大事にされ、次第に絹子も彼に心を寄せるようになる。しかし、そんな絹子を妬んだ義母たちの魔の手が伸びてきて―⁉

ISBN978-4-8137-1396-8／定価682円（本体620円+税10%）

スターツ出版文庫　好評発売中!!

『天国までの49日間～卒業～』　櫻井《さくらい》千姫《ちひめ》・著

霊感があり生きづらさを感じていた稜歩も高三になり、同じ力を持つ榊と受験勉強に励んでいた。そんなある日、元同級生の琉衣が病気で亡くなり、幽霊となって稜歩の前に現れる。天国か地獄へいくまでの四十九日間で、琉衣は片思いをしていた榊と思い出作りをしたいと言い出す。榊への想いを隠していた稜歩だったが、堂々と自分の気持ちを伝える琉衣の姿を見て、自分も後悔のないように生きたいと思うようになり……。卒業の日が近づく中で、ついに稜歩は榊へ想いを告げようとする──。心震える命の物語、ついに完結！

ISBN978-4-8137-1387-6／定価671円（本体610円+税10%）

『さよなら、灰色の世界』　丸《まる》井《い》とまと・著

高1の楓は、いつも友達に意見を合わせてしまい、自分を見失っていた。そんなある日、色が見えなくなる『灰色異常（グレーエラー）』を発症し、人の個性を表すオーラだけが色づいて見えるように。赤や青、それぞれ色があるのに、楓だけは個性のない灰色だった。そして、それを同級生の良に知られて……。自分とは真逆で、意志が強く、意見をはっきりと言う良が苦手だった楓。しかし、良は「どう見られるかより、好きな自分でいればいい」と言ってくれて……。良と関わる中で、楓は“自分の色”を取り戻していく──。

ISBN978-4-8137-1386-9／定価671円（本体610円+税10%）

『後宮の嫌われ白蛇妃～推し活をしていたら愛されちゃいました～』　碧水《あおみ》雪乃《ゆきの》・著

“悪意をあやつる異能”を持つ白家の苺苺。十六歳になった苺苺は、幼女・木蘭妃を悪意からお守りするため、皇太子妃候補として後宮入りすることに。でも、皇太子は病で後宮に不在だった──。特殊な容姿と異能のせいで後宮中から“嫌われ白蛇妃”と虐げられる毎日。それでも苺苺は木蘭を推しとして崇め奉り、お守りしていたけれど…。全力で推し活していたら、木蘭の秘密──真の姿は皇太子・紫淵だと明らかになり、「俺のそばにいてほしい」と寵愛されてしまい…⁉　美貌の皇太子×最下級妃の後宮シンデレラストーリー。

ISBN978-4-8137-1385-2／定価737円（本体670円+税10%）

『無能令嬢の契約結婚』　香月《こうづき》文香《ふみか》・著

異能が尊ばれる日本の自治州・至間國に生まれ育った男爵令嬢の櫻子は、異能の使えない「無能」だった。異能の使える妹に虐げられる日々を送る中、櫻子に最強の異能使いである静馬との縁談が舞い込む。妹ではなく無能な自分が選ばれたことに戸惑うが…「これは契約だよ。君は僕の唯一の妻だ」静馬は、無能な櫻子にしか持ち得ない“ある能力”が必要だった。しかし、愛のない契約関係だったはずが、冷徹な静馬の隠された優しさに触れ、対照的なふたりは惹かれ合い──無能令嬢が愛を掴む、和風シンデレラファンタジー。

ISBN978-4-8137-1384-5／定価704円（本体640円+税10%）